IMAGINACIONES

Título: **Imaginaciones**
Autor: Néstor Lovera
Maquetación: Natalia Lovera
Fotografía de la portada: ©Natalia Lovera

ISBN: 978-0-578-19881-1

IMAGINACIONES

Néstor Lovera.

Me senté en la silla de extensión y lancé un gemido largo y desconsolado. No hay nada que hacer. No estoy hecho para estas largas y acaloradas discusiones. Hasta el día de hoy no me había dado cuenta de lo difícil y contradictorio que es el carácter de Saturna. Tantos años viviendo juntos y es ahora cuando comienzo a conocerla de veras. Me acosté a todo lo largo de la silla y cerré los ojos para que los rayos del sol no me cegaran. Me sentí más tranquilo y seguro de mí mismo después de un rato. Volteé la cabeza a un lado y abrí los ojos para ver el pequeño cuadrilátero que es el patio de mi casa. No había mucho que ver: unos cuantos geranios plantados en dos o tres potes de barro a los lados de la puerta, un cuadrilátero de grama seca y una cerca de ladrillos desnudos y mohosos de tiempo. De tanto ver aquel panorama ya lo conocía de memoria, pero nunca tuve la necesidad de recordarlo, con que estuviera allí ya era suficiente. Me di cuenta de que uno de los potes estaba roto en la parte superior y mostraba una hendidura que parecía un golfo, pero todo eso me daba igual, seguramente lo dejaría así por el resto de mis días.

Cuando compramos la casa estuve lleno de entusiasmo, pero ya no. No sé exactamente cómo sucedió este cambio, pero lo cierto es que ya no me intereso para nada de lo que me rodea. La casa no es muy grande y tampoco es muy cómoda: dos habitaciones, una cocina, un cuarto de baño...pero es -como dice Saturna- un techo sobre nuestras cabezas y hay que agradecer que la lluvia y el viento no nos mojan ni nos dan frío. Hasta ahora nunca discutimos sobre cómo arreglarla, repararla o decorarla, yo dejé todo eso al buen criterio de Saturna. Eso sí, siempre me ocupé de revisar y controlar los gastos, puesto que soy un experto contabilista y conocedor de cómo ahorrar dinero en cualquier situación. Sobre ese punto, nunca hubo discusión posible y siempre estuvimos de perfecto acuerdo: Saturna concebía y escogía objetos, colores, pinturas, materiales y lo que hiciera falta, y yo me ocupaba de los presupuestos y los gastos. Naturalmente, como buen contabilista y hombre de reconocida probidad, traté que los gastos siempre se minimizaran al máximo.

Saturna nunca opuso resistencia a mis decisiones en cuestiones de dinero, por eso yo no comprendía cómo era posible que ahora se comportara de manera violenta e intransigente. Y todo por una bendita tanagra, una insignificante estatuilla, miniatura en metal de una mujer con pocas ropas y muchas carnes. Yo nunca supe lo que era una tanagra hasta que conocí a Héctor, un primo hermano de Saturna quien, según dicen, es un afamado escultor de estas estatuillas que se originaron en la antigua Grecia. Y vaya que el tipo se las trae. Una de sus estatuillas vale tanto como un viaje a Europa por quince días.

Cuando regresé a la casa al mediodía, después de visitar brevemente a mi madre, cosa que hago todos los domingos como buen hijo que soy, encontré que la tanagra estaba allí, en el centro de la mesa, pregonando en su pequeñez el talento de Héctor. Quise saber de dónde había salido la estatuilla y Saturna me lo explicó en el acto. Se había enamorado de la estatuilla y se la había comprado a Héctor para adornar la mesa. El primo se comprometió a enviar la tanagra el domingo en la mañana, aprovechando que yo no estaría en casa, para que así resultara una agradable sorpresa para mí. Y una sorpresa fue sin duda. Y más aun cuando Saturna me dijo lo que había pagado por ella. No lo podía creer.

-Yo tenía entendido -dije- que antes de hacer cualquier gasto tú y yo siempre nos poníamos de acuerdo.

-Sí, es cierto -contestó ella- Pero en este caso hubiera estropeado la sorpresa.

Yo perdí los estribos y comencé a decir cosas sobre el primo Héctor que Saturna no podía tolerar. Yo estaba fuera de mí y, en mi furor, no supe detenerme a tiempo. Saturna perdió todas sus inhibiciones y comenzó a agredirme con palabras llenas de resentimiento. Yo no sabía qué hacer y decidí venirme al patio para dejar que pasara la tempestad. Me he sosegado bastante, pero la interrogante todavía está allí, carcomiéndome los sesos: ¿Cómo es posible que no conociera hasta hoy esa faceta de la personalidad de Saturna, que la convierte en una mujer agresiva y llena de resentimiento? Me di cuenta de que, en realidad, la conocía poco. Habíamos pasado la vida tratando de no herirnos mutuamente, como hacen los boxeadores a veces cuando se miden con la mirada desde lejos, desconfiando el uno de la fuerza del otro, incapaces de comenzar a lanzarse puñetazos.

De pronto sentí que el sol me quemaba la cabeza y que respiraba con dificultad. El pequeño cuadrilátero del patio me asfixiaba. Me levanté y entré a la casa.

-Saturna -grité- voy a salir. Necesito caminar un poco.

Y salí dando un portazo que casi sacó la puerta de sus goznes.

Bajé por la calle hasta la avenida principal y tomé un autobús, el primero que pasó, sin importarme a donde iba. Caracas se abrasaba bajo el sol de la tarde y, a lo lejos, por la ventanilla del autobús, podía ver que la montaña palidecía envuelta en luz. Los seres humanos somos como la luz, cambiamos de intensidad a cada momento. Saturna ha cambiado de intensidad en los últimos tiempos, se ha vuelto más distraída y despreocupada. No debería ser así, ella como yo, es una contabilista, aunque no ejerza la profesión, y está al tanto de lo que valen y significan los números. Nos conocimos cuando fuimos alumnos de la misma clase de contabilidad. En ese entonces, ella era una persona amante de los números y de la exactitud. También era muy alegre. La alegría -creo yo- tiene mucho que hacer con las matemáticas, con los números. No se puede conocer la alegría si se desconoce la tabla de multiplicar. Ahora ha cambiado mucho, ya no le importan las sumas ni las restas. Eso me pone fuera de mí. Yo creo que en la vida hay que reglamentarlo todo y que, en cuestiones de dinero especialmente, las cuentas siempre deben estar claras. Es la fórmula perfecta para conservar la alegría interior.

Me bajé del autobús cerca de Sabana Grande, donde siempre se congrega mucha gente, haciendo compras o tomando algo en las cafeterías. Caminé por la calle, mirando los edificios de distintos estilos y altura, todos ellos de un gusto arquitectónico dudoso, sorteando la gran cantidad de gente que se desplazaba de un lado para otro. Cómo ha cambiado esta calle, pensé. No hace mucho no se levantaban altos edificios de lado y lado, sino casas con un corredor en el frente, y un corredor con techo de tejas sostenido por pequeñas columnas. La calle entonces era un largo corredor exterior que tenía mucho de pueblerino, pero también un encanto especial. Me detuve frente a una tienda de artículos deportivos, pero como el deporte nunca ha sido mi fuerte, continué mi camino. Me detuve a ver las exhibiciones de otras tiendas, pero cuando llegué a una que vendía artículos de porcelana, entre los cuales había muchas figurillas representando pastoras y mujeres aristócratas, me alejé de la tienda rápidamente. El recuerdo de la tanagra de Héctor todavía molestaba en mi cerebro. Seguí caminando y, después de un rato, dirigí mi atención a la gente. Solos o en grupos, todos parecían febriles y apresurados, caminando sin saber realmente a dónde iban. También la gente ha cambiado mucho, ya no se ven personas moderadas y discretas en el vestir, sino todo lo contrario. Lo escandaloso se ha puesto de moda. También el ruido. Un zumbido como de abejas en fuga se oía a todo lo largo de la calle. Caminé casi hasta el final de la calle y, al darme cuenta de que me sentía fatigado, decidí sentarme a la mesa de una de las pocas cafeterías que tenían mesas en las aceras para tomar algo. Mientras esperaba que me trajeran el café, dirigí mi atención de nuevo a la gente que transitaba frente a mí. Unos iban bien vestidos y caminaban con cierto aplomo, otros iban desarreglados y despreocupados del mundo, unos eran negros y otros blancos y otros rubios.

Un abanico de colores que lucía interesante y, sin duda alguna, hermoso. Me di cuenta de pronto que yo no conocía mucho de ninguno de ellos. Tampoco conocía -me dije- casi nada de ninguno de mis pocos amigos, por ser ellos tal vez personas parcas y extremadamente reservadas, o porque yo no había hecho ningún esfuerzo por conocerlos mejor. Solamente uno de mis amigos, Daniel, se comunicaba conmigo de forma continua, porque mi pasividad en cierta forma le convenía. Daniel estaba imbuido en todos los asuntos de la política, y se dio cuenta, desde el mismo instante en que nos conocimos, que yo sabría escuchar con atención y paciencia sus disertaciones sobre los acontecimientos políticos que se desarrollaban en el país. A él nada le gustaba más que contar historias y sucesos.

Como los tiempos eran muy tormentosos había mucho que contar. El país se había librado de una tiranía hacía poco tiempo y el nuevo régimen democrático encontraba toda clase de problemas en su camino: protestas, huelgas, disensiones, guerrillas, y pare usted de contar. Mucha gente por conspirar había ido al exilio, pero algunos más afortunados habían sido invitados a dejar el país, que era una forma muy elegante de mandar al exilio a aquellas personas que tenían buenas conexiones en los ámbitos del poder. Daniel quien -yo no sabía cómo- tenía muchos contactos con los grupos y círculos políticos, y estaba siempre al tanto de todo lo que ocurría a la luz del sol o en las penumbras de los escondites. Yo siempre lo escuchaba con interés, pero todo lo que decía me resultaba lejano, extraño, como si viniera de otro país o de otro planeta. Me daba cuenta ahora de que todo lo que yo conocía de la gente lo conocía de segunda mano, o porque alguien me lo contaba, no porque yo estuviera conectado o fuera partícipe de lo que acontecía. Yo me mantenía informado de todo a través de otras personas. Leía mucho, almacenaba gran cantidad de información y, casi pudiera decir, soy un experto en ciertos temas, especialmente los literarios y artísticos. Pero en lo cotidiano, práctico, sin embargo, a pesar de toda mi matemática, soy un perfecto extraño en una tierra extraña poblada de gente extraña. ¡Qué panorama desolador!

Una joven pareja apareció de pronto en mi campo de visión. Eran muy jóvenes, o al menos aparentaban serlo. Vestían a la manera "hippie", él de pantalones amplios, camisa deportiva y chaleco de muchos colores, y ella de batola floreada y chaleco tejido. Los dos llevaban al cuello gran cantidad de collares y dijes. Los vi sentarse a una mesa, no muy cerca de mí, y traté de fijar mi atención en ellos. No hablaban mucho y se miraban poco. Pensé que me gustaría saber algo de ellos. Todo lo que tenía que hacer era levantarme e ir a hablar con la parejita, pero me dije que esa clase de cosas no se hace en el mundo en que vivimos. Las gentes se alarman cuando desconocidos las abordan. Desconfiarían de mí y, cuando menos, me tildarían de idiota. ¿Cómo podría presentarme? Tal vez así: Mi nombre es Samuel Ibarra, soy contabilista, trabajo en un ministerio y estoy casado desde hace quince años con Saturna Angulo y... etc... Pero todo eso no sería más que una tontería, una necedad de loco...

Pasaron algunos momentos y todavía los jóvenes "hippies" no se hablaban. Seguramente habían tenido un desacuerdo sobre alguna fruslería y habían decidido no hablarse. Me hubiera gustado saber lo que pasaba dentro de sus cabezas, pero tuve que contentarme con observarlos. Ella era bastante bonita, de facciones finas, y su pelo rubio era abundante y lustroso. La expresión de su rostro denotaba fuerza de voluntad y carácter. Esta niña -pensé- sabe lo que quiere y no se amilana fácilmente. Él era otra cosa, era buenmozo y muy fornido, y seguramente estaba acostumbrado a laborar como obrero o alguna cosa parecida, pero su expresión era más suave, como de alguien que permite en ocasiones que otros se impongan a su voluntad. No había forma de averiguar quiénes eran y, como ya sabemos, no soy la clase de persona que se atreva a interpelar a extraños sin tener una excusa valedera. Tendré que imaginarme cómo son y qué hacen -me dije- mientras los observo con penetrantes ojos de cuervo. No sería tarea muy difícil, la tarde se prestaba a ello. Una suave brisa y el ruido sordo de voces de los que transitaban de un lado a otro, producían un sopor que invitaba a la meditación. Imaginé, entonces.

Ella se llamaba América, nombre que le quedaba muy bien, aunque no se hubiera podido decir por cuál razón. Y él, Rodolfo, pero todos sus amigos lo llamaban "Rody", que era más informal y simpático. Vivían en una casa de vecindad, de esas que todavía quedaban en la ciudad, en un cuartucho con ventana al patio y con bastante espacio para una cama y uno que otro mueble.

La muchacha era hija de un industrial que había hecho una fortuna fabricando utensilios de cocina, y cuyo origen humilde no le había impedido conectarse con los círculos sociales más altos del país. América había crecido rodeada de numerosa servidumbre, en una casa enorme llena de objetos caros y superfluos. Tenía dos hermanos y una hermana: Arturo, Félix y Angélica. Nunca tuvo mucha afinidad con ellos. América consideraba que ella era persona seria y decidida, y ellos superficiales y frívolos. Ellos solo se ocupaban de las competencias deportivas, de los chismes de sociedad o de las peripecias de la familia real inglesa. Su padre, don Ricardo Rodríguez, se encontraba siempre entregado a sus negocios, y su madre, Amelia, al círculo de sus amigas, jugando bridge u organizando verbenas.

La familia se reunía muy de vez en cuando: casi siempre para celebrar un cumpleaños, o para fiestas de guardar como la Navidad, o las obligaciones forzadas como eran los entierros. Como lo regular se hace costumbre, América no se daba cuenta del vacío que existía a su alrededor. Se acostumbró a luchar por sí sola y para sí misma. A duras penas había terminado sus estudios secundarios. Los años en el liceo se le habían hecho largos y horribles, pero su voluntad se impuso y terminó la secundaria con cierta distinción. No quiso continuar los estudios y entrar a la Universidad, porque consideró que no tenía vocación para ninguna profesión en particular, y como nadie se opuso a sus deseos, se quedó en casa a hacer lo que le diera en gana. El tiempo que pasaba sola no tardó en convertirse en aburrimiento, y le dio por leer libros. Leyó libros de todas clases: novelas, ensayos, poesía. Se atosigó con teorías y puntos de vista diversos, se lanzó dentro de un torbellino de ideas y criterios que le dieron apetito por un mundo diferente y, según podía avizorar, mucho mejor del que conocía.

Su afición por los libros no pasó desapercibida para su familia. Sus padres no dijeron mucho, pero comenzaron a mirarla con cierto recelo como si sospecharan que ella no estaba en sus cabales. Angélica tampoco dijo mucho, se contentó con aseverar que aquellas lecturas le iban a trastornar la mente, y sus hermanos Arturo y Félix se reían de ella y hacían chistes de mal gusto. Sobretodo Félix, el menor de todos ellos, quien pensaba que aquella manía de leer en todo momento no era más que una excusa para salirse de la realidad, para no ver ni oír lo que estaba sucediendo alrededor de uno. América oía todo aquello con paciencia, y hacía caso omiso de todo lo que le decían.

-¿Es que acaso piensas graduarte de sabihonda?-preguntaba Félix con sorna. América no contestaba y se encogía de hombros. No valía la pena contestar a todas aquellas necedades.

En ocasiones, América frecuentaba el trato de dos o tres amigas que había conocido en el liceo y que, por sentirse afines, habían mantenido la amistad. Se reunían de vez en cuando para hablar de cosas menudas: de los cantantes de moda, de las últimas películas y otras cosas por el estilo. América, que no podía soportar esa clase de conversaciones en el seno de su familia, se sentía en cambio muy a gusto con sus amigas. Sus temas de conversación, sin duda, eran corrientes, banales, pero ellas los trataban con toda seriedad y honestidad, sin el dejo de superficialidad y vulgaridad que su familia les imprimía. Además, las muchachas se habían convertido en "hippies", siguiendo la corriente que venía de los países del Norte, que aspiraba cambiar la manera de vivir y de sentir, y hablaba de amor, tolerancia y libertad de acción. Todo aquello le parecía fascinante a América, y se convirtió pronto a aquella nueva forma de ver la vida. Comenzó a vestirse como "hippie" y se empapó de todo lo que tuviera que ver con todo aquello, que comenzó a ser para ella una nueva religión.

América y sus amigas fueron una tarde a tomar algo en una cafetería. Se sentaron en una mesa colocada en la acera. No habían estado mucho tiempo allí cuando un grupo de jóvenes se acercó a ellas. Eran tres, y dos de ellos vestían también como "hippies". Buscaron más sillas y se sentaron a la mesa. Eran amigos de una de las muchachas y esta le presentó los recién llegados a América. Los nombró uno por uno y dijo lo que hacían y cómo eran. Roberto fue el primero: un muchacho de cara franca y sonrisa a todo lo ancho, se podía ver en el acto, que era todo franqueza y buen humor. El segundo, Antonio, era el más serio de los tres, su persona transpiraba un aire doctoral y era el único que no vestía ropas de "hippie". El último, Rodolfo, era un joven musculoso, bien parecido y un tanto taciturno. América pensó de inmediato que aquel buenmozo seguramente tendría legiones de muchachas tras de sí. Conversaron animadamente por largo rato y, cuando se despidieron, quedaron en verse de nuevo en otra ocasión.

Se reunieron repetidas veces, y América fue aficionándose a Rodolfo, al punto de comenzar avances abiertos y, en opinión de sus amigas, francamente descarados, para lograr que el muchacho se fijara en ella. Tuvo que atacarlo por todos los frentes, porque el muchacho era bastante reservado, si no tímido, lo que hacía sumamente dificultoso comunicarse abiertamente con él. Pero al fin, Rodolfo claudicó y se entregó en cuerpo y alma a los deseos de América. Para satisfacer la pasión que los consumía, se encontraban en la habitación que Rodolfo ocupaba en el apartamento que compartía con Roberto y Antonio, los dos jóvenes que siempre andaban con él y que, unos meses atrás, lo habían invitado a compartir, para que la renta fuera menos pesada. En la habitación de Rody, los amantes dejaban suelta la pasión que los consumía y sus encuentros amorosos fueron siempre ardientes y poseídos de una fuerza que ninguno de los dos podía regular. Pero aquello no era la situación ideal. Para tener sus encuentros, la parejita tenía que avisarle a los otros dos ocupantes del apartamento cuando iban a venir a un encuentro. Todos hacían lo mismo, cuando Roberto o Antonio deseaban estar con alguien, avisaban con antelación para que los otros dos no estuvieran allí, cuando entraban o salían con sus parejas. Aquel arreglo desagradaba en extremo a América, porque le parecía que estaban convirtiendo en algo obsceno y vulgar lo que debería ser solo simple y limpio amor. Consideraba que aquel apartamento no era nada más que una casa de citas y que, tal vez, algunas de las citas no eran del todo católicas. Decidió hablar con Rody para ver si podían hacer algo para cambiar el estado de cosas.

-¿Hasta cuándo vamos a continuar viniendo a este sitio?- preguntó ansiosa.

-¿No te parece bien?-

-No, me gustaría que tuviéramos un sitio propio. Donde estemos solo tú y yo.

Ya habían pasado varios meses desde que comenzaron a verse en el apartamento, así que a Rody no le pareció extraño que América quisiera cimentar sus relaciones. Como ya estaba claro que no podían vivir el uno sin el otro, ya era hora de establecer un vínculo permanente. Rody amaba a América y ella estaba perdidamente enamorada de Rody. La muchacha, sin embargo, no estaba segura de las causas de su encantamiento. Tal vez -pensó- el carácter retraído del muchacho, su absoluta falta de egoísmo, y su sencillez que bordeaba la ingenuidad, eran las cualidades que la habían cautivado. Encima, ella había creado un aura romántica alrededor de Rody. El muchacho se encontraba totalmente solo en el mundo y eso le confería a su persona un halo de vulnerabilidad que a América le parecía fascinante. El muchacho había perdido a sus padres cuando aún era muy joven y no sabía exactamente si tenía familiares en alguna parte. Ella sería su amante, su hermana, su madre, su punto de apoyo para todo y nada podía ser más importante o esencial que eso.

Comenzaron, pues, a buscar un sitio donde pudieran vivir con los escasos recursos de que Rody disponía. El muchacho era un artesano. Trabajaba el cuero, haciendo bolsos, amuletos, adornos y otras menudencias, que vendía en las calles comerciales o simplemente populosas. No ganaba mucho, pero calculó que sería suficiente para dos personas, con un poco de cuidado y de buena voluntad. Encontraron un cuarto en una casa de vecindad situada en un barrio pobre, que era limpio y arreglado, a pesar de su aspecto decadente y del ruido de voces que venía de todas partes. El barrio tenía un aire amigable que les dio mucha confianza. Por lo menos a Rody le pareció muy bien, porque América, que no estaba acostumbrada a ir a barrios de esa categoría, tuvo algunas dudas que trató de acallar tan pronto aparecieron. La casa de vecindad era un callejón abierto que, después de pasar un arco que hacía de portón, tenía de lado y lado habitaciones con puerta y ventana. La habitación que iban a alquilar era un cuadrado amplio con suficiente espacio para una cama, una mesa y un par de muebles más. A Rody le pareció muy bien todo aquello y se mostró entusiasmado.

-¿Ves?, habrá espacio hasta para poner una mesa de trabajo de este lado. Así podré trabajar el cuero sin necesidad de ir a ninguna otra parte.

América concedió que la habitación era bastante cómoda y fueron a ultimar los detalles del arrendamiento. Después que concertaron los detalles del alquiler, regresaron a la habitación para inspeccionarla y calcular donde irían a poner cada cosa, aunque en verdad era poco lo que tenían. Cuando tomó la decisión de irse a vivir con Rody, en ese momento, comenzaron los problemas para América. No tenía idea de cómo iba a participarle a su familia que se marchaba de la casa para vivir con un hombre que, encima, pertenecía a otro mundo. Por su mente pasaron varias alternativas, pero las desechó una por una porque las encontró poco convincentes. Decidió que ser directa, parca y sincera sería lo mejor. Fue a su casa y esperó a que todos estuvieran en ella, luego los convidó a que se reunieran en la sala y, cuando estuvieron allí, comenzó a hablar y, en pocas palabras, dijo lo que se había propuesto. Nunca imaginó que el anuncio de su partida y la decisión de irse a vivir con Rody iban a provocar reacciones tan violentas.

Su padre se puso rojo de furia. No podía concebir que una hija suya pudiera irse a vivir así como así con un "hippie", con un desarrapado que no tenía un centavo, que no tenía nada en qué caerse muerto. Con voz de trueno gritó que América no había tenido en consideración ni siquiera el respeto que le debía a toda la familia. Su madre lo apoyó en todo con pequeñas interjecciones agudas y desesperadas. Arturo también estaba enfurecido y dijo que si América se iba con el "hippie", no la reconocería más nunca como hermana. Félix hizo uno o dos chistes de mal gusto y, luego, se quedó callado, escuchando lo que los otros debatían. América se dijo que, para su mala suerte, aquella noche todos se encontraban en casa, lo que raras veces ocurría. La sesión fue larga y agitada. Cuando la fatiga ya los vencía, agotadas la rabia y las palabras, cada uno se fue por su lado. Solo Félix se quedó con América. La muchacha estaba muy deprimida, casi al punto de tener un ataque de angustia.

-No te preocupes tanto -dijo Félix conciliador- Mañana no se acordarán de lo que dijeron esta noche. Yo los conozco bien. Viven en las nubes, aunque no sean unos angelitos.

América se levantó y se fue sin contestarle nada. A la mañana siguiente, puso algunas cosas en una maleta y se marchó de la casa. No sentía preocupación alguna al hacerlo. La vida de allí en adelante

-se dijo- no podría ser peor de lo que había sido hasta el momento. Por primera vez, se dio perfecta cuenta de que siempre había vivido en aquella casa sin mucho apoyo, sin ninguna compañía, sin afecto alguno.

Su vida de allí en adelante cambió radicalmente. El cuarto de la casa de vecindad se convirtió en el centro de su universo. Además de las pocas pertenencias de Rody, habían traído una mesa de trabajo que consiguieron barata en una chivera, una de esas tiendas maravillosas que venden antigüedades y los más diversos y dudosos objetos. Se levantaban temprano porque a Rody le gustaba trabajar en las horas frescas de la mañana y porque hubiera sido imposible dormir de todas maneras, con el ruido de voces y las idas y venidas de los demás inquilinos. Se quedaron en casa los primeros días, para acostumbrarse a la habitación, encima de que Rody deseaba trabajar mucho, antes de salir a vender su mercancía.

América se sentía muy feliz, y su amor por Rody parecía crecer cada día, tal vez en respuesta a la dedicación del muchacho, quien, a pesar de su parquedad y retraimiento, se las arreglaba siempre para dejarle saber lo mucho que ella significaba en su vida. Era una suerte que eso fuera así, porque la distraía de otros aspectos que no eran tan placenteros. La casa de vecindad, aunque limpia y ordenada, tenía aspectos negativos que la hacían sufrir. Ella estaba acostumbrada a vivir con comodidad, y aquí eso era imposible. Los cuartos de baños quedaban al final del callejón, como también el lavandero. Para bañarse, lavarse, o simplemente lavar ropa, había que caminar un buen trecho, hasta el otro extremo del callejón. Solo había tres bateas adosadas a la pared del fondo y, muchas veces, estaban las tres ocupadas por otras vecinas. Esta situación exasperaba a América, pero callaba para no preocupar a Rody. Los primeros días en la casa de vecindad los pasaron recluidos en su habitación, él trabajando el cuero y ella leyendo uno de los pocos libros que había traído de su casa. Rody la ayudaba a cocinar, porque América no sabía ni siquiera cómo manejar la pequeña cocina que tenían.

Cuando comenzaron a salir a la calle para vender la mercancía, lo hacían a media tarde, cuando el calor comienza a ceder y la gente a llenar las calles. Una tarde, al ponerse el sol y en vista de que habían vendido casi todo lo que habían traído, Rody sugirió ir a visitar a sus amigos, a los que no había visto por varios días. Encontraron a Roberto y Antonio en el apartamento. Los muchachos estuvieron muy contentos de verlos, y los invitaron a quedarse a comer. Prepararían una espaguetada y tomarían un vino infernal -dijeron- que habían comprado ese día.

Esa noche, América se dio cuenta de muchas cosas que no había notado hasta entonces. Para empezar, notó que el apartamento de los muchachos tenía los muebles apenas imprescindibles: dos sillones, un pequeño sofá, y una mesa de tan minúsculas proporciones que era difícil notarla. Muy pocos cuadros colgaban de las paredes, y todos eran de fotos de alguna escena callejera. También se dio cuenta de que, a pesar de la actitud juvenil y alegre de Antonio y Roberto, los dos eran mucho más ilustrados que Rody, y creían en un orden universal de paz, amor y unión a través del arte, el deporte o cualquiera otra actividad colectiva. América recordaba haber oído cantar a Roberto las viejas canciones napolitanas como "O Sole Mio" o la francesa "LaVie en Rose", canción que había hecho famosa Edith Piaff. Los dos deseaban pertenecer al mundo, y pasearse por el globo terráqueo sin fronteras ni cortapisas. Antonio era enfermero graduado y ejercía su profesión en una clínica privada, y Roberto era vendedor de ropas "hippies" en una tienda en el centro de la ciudad. Sus profesiones no podían ser más disímiles, y América quiso saber cómo los tres muchachos se habían hecho amigos.

-Ah, -contestó Roberto-esa es una historia larga. Antonio y

yo somos del mismo pueblo y nos conocemos desde que éramos pequeñitos. Nos vinimos para Caracas, cada uno por su lado, y después de mucho tiempo nos encontramos aquí. Como somos casi familia, decidimos buscar un apartamento y dividir todos los gastos. Esta ciudad es muy cara y, para los que no ganamos mucho dinero, puede resultar muy difícil. Rody es historia aparte. A él lo conocimos en la calle. Nos detuvimos a ver su mercancía y comenzamos a conversar. Nos dijo que andaba buscando donde vivir y, como teníamos una habitación vacía en el apartamento, nos pareció una idea excelente alquilársela para aliviar un poco nuestras sufridas finanzas. Y aquí estamos los tres, los tres caballeros, aunque gracias a ti somos otra vez dos, y con más gastos que nunca.

-Siento haberles estropeado las finanzas -dijo América riendo-Pero todo se remedia con el tiempo.

-Nunca filósofo alguno dijo nada más cierto -terció Antonio divertido.

-¿Y cómo es que tú, Antonio, no te vistes de "hippie" como nosotros?- preguntó América curiosa.

-¿Te imaginas a un enfermero vestido con todos esos colores, aros y argollas? No lo dejarían entrar a la clínica por nada del mundo, y con toda razón.

América descubrió también que Roberto y Antonio leían buenos libros y que se interesaban por el cine de arte y, hasta cierto punto, por el teatro. Todo esto lo combinaban con una actitud juvenil que se interesaba por los deportes y las nuevas corrientes de la música popular. Aunque Antonio no se vestía como los "hippies", no era en absoluto indiferente a todas las cuestiones que son para los jóvenes tan seductoras e importantes. La filosofía de la flor y el amor se imponía. Después de todo, eran los años sesenta, y el mundo experimentaba algo así como un despertar.

En ese momento mi imaginación fue interrumpida. América se levantó de su silla y caminó hacia una tienda. Estuve a punto de gritarle: "no te vayas, quédate en tu sitio, que vas a interrumpir el hilo de la historia. Yo necesito verte para poder imaginar cosas". La muchacha caminó hasta la tienda y se detuvo a mirar la vitrina. Yo la observé en suspenso. Por suerte, a los pocos momentos estuvo de regreso y volvió a sentarse en su silla. Rody la observó sin decir palabra. Era evidente que todavía no habían reparado la discordia que los desunía, cualquiera que esta fuere. Pero al menos, ella estaba de nuevo allí, y yo podía continuar con mi elucubración. Había mucho hilo que ovillar.

América y Rody, después de esa visita, fueron a ver a los amigos todos los domingos por la tarde, para conversar y almorzar juntos. Por lo regular, Antonio era el cocinero y Roberto se encargaba de las bebidas. No era mucho trabajo, el cocinero casi siempre preparaba las mismas cosas: un ceviche o una espaguetada, y el "barman" solo ofrecía cerveza o vodka, esta última cuando comían ceviche porque, según Antonio, iba muy bien con el pescado. Pero la pasaban muy bien, conversando sobre todos los acontecimientos de la semana, tanto públicos como privados. En esos días había mucho de qué hablar, sobre todo de la situación del país, que era objeto de preocupación para todos. América se sorprendió mucho cuando escuchó a Rody hablar sobre la situación que el país atravesaba. Había mucha intranquilidad por todas partes. Los sindicatos se quejaban y protestaban, los estudiantes manifestaban, los maestros reclamaban derechos que habían perdido, en fin, por todos lados no se escuchaba otra cosa que la voz de los inconformes e insatisfechos. Rody sentía que aquella situación iba a causar explosiones sociales en cualquier momento y que se verían cosas inauditas.

-No sabía que te interesara tanto la política -dijo América sorprendida.

-Siempre me interesó -contestó Rody parcamente.- Solo que no te habías dado cuenta.

El que Rody estuviera interesado en cuestiones políticas tenía una explicación muy sencilla. Unos meses atrás había hecho contacto con varios estudiantes en Sabana Grande, quienes se habían detenido a comprar algunos de sus trabajos y conversaron un rato. Desde ese día, los estudiantes, juntos o separados, cuando iban por esos lados, se acercaban a hablar con él. Eran personas muy militantes, llenas de ideales y objetivos, y no tardaron en encender en Rody la llama de la protesta y la inconformidad social. De allí en adelante, Rody protestó por todo, aunque no se diera perfecta cuenta de cuáles eran las razones que lo inducían a protestar.

Se unió -sin que América se enterara- a algunas protestas estudiantiles, y le tomó tanto gusto a aquella liberación de todas las inhibiciones, a aquel sentimiento de compartir con otras personas pensamientos y acciones, que se unía a todas las manifestaciones y protestas que le fueran posibles. Aprendió muchas cosas. Aprendió a escuchar a los demás cuando voceaban las consignas, para no entorpecer con su voz el ritmo que le imprimían a sus gritos. Aprendió a anticipar la llegada de la policía, y a descubrir cuáles eran las más fáciles vías de escape. Aprendió también, cuando se deseaba bloquear la entrada de algún edificio gubernamental, cómo encadenarse a alguna reja o a una aldaba, y a cómo desencadenarse con prontitud cuando era necesario tomar la retirada. La camaradería de todos los que participaban en aquellas manifestaciones y protestas era admirable, y Rody se dejaba ir tras de aquellos sentimientos de solidaridad y unión que parecían ser universales.

Un aciago día, la policía fue más rápida que él, y lo hizo preso cuando estaba protestando frente al Congreso Nacional. Alguien había lanzado una o dos piedras contra los agentes del orden y estos creyeron ver que Rody había sido el autor del lanzamiento. Entonces fue a parar a la jefatura civil y, de allí, fue trasladado a la cárcel.

A las seis de la tarde, América se dio cuenta de que algo le había sucedido a Rody, pues tenía por costumbre regresar a casa a eso de las cinco. Esperó un tiempo, y luego se dirigió a buscarlo, pensando que tal vez estaría todavía en Sabana Grande, donde tenía un puesto, vendiendo como siempre. Pero el muchacho no estaba. La mesa que le servía para exhibir su mercancía tampoco estaba allí y América comenzó a preocuparse de veras. Habló con el vendedor de libros que tenía el puesto de al lado, y este le dijo que Rody había ido a una manifestación, pero no sabía cuál ni dónde, y que le había dejado a él la mesa y la mercancía para que se las guardara. América quedó muy confundida y no sabía qué hacer ni qué decir. Rody no había mencionado nada de una manifestación, y la muchacha comenzó a sospechar que, tal vez, no estaba enterada de todo lo que Rody pensaba y hacía, y esta duda la dejó alelada. Hasta ese momento, ella había confiado en la absoluta transparencia del muchacho, y ahora descubría que existían ciertas áreas de su vida que ella desconocía.

Rody y América ya habían vivido juntos once meses cuando esto sucedía. No habían tenido hasta ese momento problemas de importancia, como no fuera el económico, porque el dinero que entraba era poco, apenas suficiente para pagar lo que se tenía que pagar. América no se quejaba, ella siempre estuvo consciente de cuál iba a ser la situación con Rody. Él había prometido solo lo que tenía, y nadie podría inculparlo por eso. Pero, eso sí, ella esperaba que existiera una completa comunidad en todo, no solo en lo económico, sino también en los sentimientos y pensamientos de ambos. Después de todo, ella había abandonado su casa y su familia para vivir con él, y desde su llegada a la casa de vecindad no había vuelto a ver a ninguno de su familia.

Sus antiguas amigas, aunque eran pocas, tampoco se habían comunicado con ella, tal vez solidarizándose con su familia. Había abandonado su mundo y ese mundo la ignoraba y negaba por el solo hecho de haberse ido con alguien diferente a ellos.

Poco a poco, casi sin darse cuenta, había comenzado a construirse un mundo nuevo. Ya había hecho algunos amigos en la casa de vecindad, todos ellos personas muy humildes, pero hasta donde podía darse cuenta, de buenos sentimientos y buena conducta. Una muchacha que vivía dos cuartos más allá, cuyo nombre era Elsa y quien tenía una pequeña hija de dos años, le pareció digna de conocerse. Era una mujer de voz y modales suaves que transpiraba tranquilidad y placidez. Elsa trabajaba en varias casas de familia como planchadora. Salía siempre muy temprano con Maruja, su hijita, para dirigirse a las casas donde planchaba. No ganaba mucho, pero decía que estaba conforme y agradecida con lo que ganaba. Siempre tenía algo bueno que decir de sus empleadores y jamás se quejaba de nada, ni siquiera cuando Maruja hacía alguna malacrianza o lloraba a gritos. América envidiaba su buen carácter y su placidez. En varias ocasiones, Elsa le había dejado a Maruja para que se la cuidara, mientras ella hacía algunas compras. América se sentía muy complacida en hacerlo, la niña le gustaba en extremo y se divertía jugando con ella.

Ese día, ya entrada la noche, América comenzó de veras a preocuparse. Rody todavía no aparecía. Fue a ver a Elsa, quien ya había regresado de trabajar, para contarle lo que estaba pasando. La muchacha le recomendó que buscara a alguien que pudiera ayudarla a encontrar a Rody. Decidió entonces ir a ver a Roberto y Antonio, pues pensó que tal vez ellos podrían ayudarla a averiguar la suerte de Rody. Los encontró a punto de salir. Los muchachos se sorprendieron de verla aparecer sola. Ella les explicó lo que estaba sucediendo. Los amigos se quedaron mudos por algunos instantes.

-Yo siempre le aconsejé a Rody que se dejara de estar interviniendo en cuestiones políticas. -dijo Roberto preocupado- Las cosas no están como para jugar. Como dicen en criollo: "la harina no está pa' bollos". La situación es seria, y hay que aceptar las consecuencias.

-Pero yo todavía no sé lo que ha pasado -dijo América- A lo mejor lo que está sucediendo no tiene nada que ver con la manifestación.

-Sí, puede ser -contestó Antonio- Por eso es mejor no preocuparse demasiado. Mañana haré averiguaciones, y si vienes en la tarde te diré lo que he descubierto. ¿De acuerdo?

América asintió compungida.

- Eso en el caso, naturalmente, de que Rody no aparezca antes.

América asintió de nuevo y se dispuso a irse.

-Nosotros estábamos por salir a comer algo, ¿por qué no vienes con nosotros? - invitó Roberto- Después de comer te acompañaremos a tu casa.

La muchacha se fue con ellos, y por unos momentos pudo olvidarse de la desaparición de Rody, aunque no se le hacía nada fácil.

El siguiente día fue amargo para América. Se quedó todo el tiempo encerrada en la habitación. En aquel reducido cuadrilátero, el calor la ahogaba y el ruido que venía de las otras habitaciones la torturaba. Era terrible estar allí sola, sin tener noticias de lo que le hubiera podido suceder a Rody. Pensó en acudir a su familia por ayuda, pero rechazó el pensamiento tan pronto lo tuvo. No podía esperar nada de ellos. Acallaría su impaciencia hasta la noche, cuando tal vez tendría alguna noticia, en caso de que Antonio hubiera averiguado algo sobre el paradero de Rody.

Al anochecer, después de comunicarle a Elsa a donde iba a dirigirse, fue a ver a Antonio y Roberto. Fue recibida con grandes demostraciones de afecto que no presagiaban nada bueno.

Antonio le dijo que sí, que tenía noticias.

-Hablé con varias jefaturas civiles y, por fin, en una pudieron darme información. Sí, habían arrestado a Rody y acusado de tirar piedras a los agentes durante la manifestación. Está ahora en la cárcel, en la del oeste de la ciudad, pero como los cargos no son graves es probable que salga de allí en uno o dos días.

-No lo creas -terció Roberto, pesimista- He sabido de muchos que no hicieron nada y estuvieron en la cárcel largo tiempo.

América sintió que le fallaban las piernas. Antonio fue en su ayuda.

-No le hagas caso a este necio -dijo un tanto airado- Por supuesto que Rody va a salir pronto de esa cárcel. De todas maneras, y por si acaso, mañana hablaré con un amigo que tiene un primo hermano en un alto cargo en el Ministerio de Justicia, para ver si él puede hacer algo por Rody. No te preocupes, lo sacaremos de allí.

Los días sin embargo pasaron sin que hubiera noticias de Rody. Ya había estado ausente por casi tres semanas. América desesperaba, pero no podía hacer nada. Antonio apremiaba a su amigo para que presionara a su primo en el Ministerio de Justicia, pero nada parecía moverse. En realidad, nadie sabía lo que estaba pasando. América no veía su futuro nada claro. El dinero que tenía mermaba aceleradamente, y ya no sabía cómo iba arreglárselas de allí en adelante. Se dedicó a hacer collares y pulseras de cuentas para vender en la calle. Fue lo único que se le ocurrió. Era una solución fácil para su problema económico, pero seguramente, mejor que nada.

Un día, mientras vendía collares en las calles, tuvo un encuentro inesperado. Ante ella apareció Félix, su hermano.

-¿Qué haces, te metiste a vendedora? -preguntó, entre enojado y sarcástico- ¿Y dónde está tu novio o marido o cómo lo llames?

América se quedó sin habla por un instante, pero se recuperó y contestó en voz baja:

-Está haciendo diligencias, regresará en un momento.

Pero Félix no quedó convencido con aquella respuesta.

-¿Te abandonó? ¿Es eso?

-No, claro que no. Te digo que está haciendo diligencias.

-No te creo palabra -replicó Félix, seguro de su instinto - El tipo te dejó, se fue y te dejó en la calle.

-Te digo que no. -contestó América impaciente- Si quieres saber la verdad, Rody está en la cárcel.

-Ah, ¿por fin lo atrapó la policía? Es lo que le sucede a los delincuentes.

-Rody no es ningún delincuente, es un hombre trabajador, y nada más. Lo metieron preso por haber estado en una manifestación. Yo estoy segura de que lo equivocaron por otro.

-Ah, ya. -dijo Félix caviloso- El hombre es político.

-Búrlate todo lo que quieras. Me da lo mismo que lo hagas o no.

-No me burlo, al contrario, me gustaría ayudarte -dijo Félix muy serio.

América dudó un instante, porque no estaba segura de su buena intención.

-¿Y qué podrías hacer tú? -preguntó recelosa.

-Cuéntame toda la historia y te diré qué puedo hacer.

América le contó todo en detalle. Félix escuchó con atención, y cuando ella hubo terminado le preguntó:

-¿Has ido a verlo a la cárcel?

-No. -contestó la muchacha- Me han dicho que es inútil, que la cárcel es tan desorganizada y terrible que no vale la pena visitar a nadie.

-En eso tienen razón -dijo Félix con convencimiento- Déjame ver lo que puedo hacer, tendré que averiguar a quién tengo que recurrir, o sobornar, pero te aseguro que tengo muchos recursos y contactos. Tu amigo no pasará muchos días más en la cárcel. ¿En cuál cárcel está?

-En la del oeste de la ciudad. Nunca me acuerdo del nombre.

-Ya sé cuál es. No te preocupes, yo me encargo de todo. ¿Y cómo puedo comunicarte cualquier noticia?

América le dio el número de teléfono de Antonio y le dijo que podía dejar con él cualquier mensaje. En ese punto, la muchacha pensó que sería bueno preguntar por su familia.

-¿Y cómo están todos, mamá, papá, Arturo y Angélica?

Félix le comunicó que todos estaban bien, que no había pasado nada de importancia desde el día en que ella se había ido de la casa. Se detuvo y dio un respingo.

-Miento -dijo- Sí hay noticias nuevas. Arturo acaba de anunciar que se casa pronto.

-¿Con Leonor Altuve? -preguntó América.

-Con la misma ¿Qué te parece?

-Ah, muy bien. Se veía venir...

Félix se despidió de ella con una ancha sonrisa en su rostro y la muchacha pensó que, después de todo, su familia no era tan mezquina como siempre había considerado.

Mientras tanto, Rody sufría cada minuto de su encierro. La cárcel era un antro de perversidades, de suciedad general, de tráfico de drogas y de violencia sin límites. La cantidad de presos era tan grande que muchos de ellos no tenían celda y dormían en los sucios corredores o sentados en los escalones de las escaleras. Los presos más violentos se habían hecho propietarios de los escalones y, si se quería dormir en uno de ellos, era forzoso pagar un alquiler.

Todo el mundo olía mal y muchos andaban por los corredores rumiando sus penas, buscando formas de darle escape a la desesperación o a la ruindad que llevaban dentro.

A los pocos días de estar preso, Rody se sentía ya como si hubiera estado allí mucho tiempo. Los días se le hacían interminables. Por suerte, pronto encontró algún alivio. Uno de los presos, un hombre de mediana edad y estatura, se acercó a él y le habló en términos directos y francos.

-Y tú, -preguntó- ¿Por qué estás aquí?

Rody se lo dijo, y el hombre pareció muy complacido con su respuesta.

-Al menos, -dijo- no eres un criminal como la mayoría de los reclusos aquí. Ven, vamos a buscar un sitio más tranquilo donde podamos conversar. Fueron a un rincón apartado y allí conversaron. El hombre se llamaba Fermín y era periodista de profesión. Seguramente era muy ilustrado, porque hablaba muy bien, con un acento neutro que no parecía pertenecer a ninguna parte. Estaba allí porque había escrito un artículo que el gobierno había considerado era un llamado a la subversión del orden público.

En aquellos días de agitado acontecer político aquello era un crimen de la peor especie. Ni siquiera el periódico que publicó su artículo había podido hacer nada por él. Fermín confiaba en que la situación efervescente y volátil del país forzaría un cambio de gobierno pronto. Era lo único que podía esperar, y no avizoraba ninguna otra solución para salir de allí. Cuando Rody le contó en detalle los acontecimientos que lo habían llevado a la cárcel, Fermín se mostró muy apenado. No era justo que un muchacho tan joven fuera a parar a un sitio como aquel por tan poca cosa. Le dijo que no se preocupara mucho, que él había encontrado ya la forma de sobrevivir en aquel antro. Como no existía autoridad ninguna que impusiera orden ni respeto, uno se veía forzado a arreglárselas solo. Nadie iba a sacar la cara por uno, por esa razón era necesario tratar de protegerse de los demás. Los presos con el tiempo, aún los más rectos y de buena naturaleza, se corrompen y bestializan. Uno tenía que estar protegido contra todos ellos y, si Rody lo deseaba, podrían compartir aquella protección.

-Yo no necesito protección - protestó Rody.

-No seas ingenuo, aquí todos necesitamos protección, tú te ves fuerte y eres joven, pero espera a ver la protección que te ofrezco.

La protección tenía nombre y apellido. Se trataba de un boxeador que había matado a un hombre de un solo puñetazo a la mandíbula. Como esto sucedió fuera del cuadrilátero de boxeo, lo sentenciaron a muchos años de prisión. Se llamaba Humberto y era muy alto, fuerte y musculoso. A a su lado, Fermín y Rody se veían pequeños. El hombre tenía un aire amenazador, pero era un bonachón con mentalidad de niño. Seguramente no abrigaba ninguna mala intención en él. Hacía una rara pareja con Fermín, no solo por su estatura, sino también por su indumentaria. El periodista vestía un traje gris que ya estaba mugroso y raído pero que, por ser traje, le daba cierto aire de persona de respeto. Humberto, en cambio, vestía jirones de lo que antes fue una camisa deportiva y un pantalón azul de género barato.

El gigante acogió a Rody como a un amigo más, y de allí en adelante andaba siempre como una sombra detrás de Fermín y del muchacho. Rody apreciaba mucho la presencia de Humberto, no solo porque se sentía protegido, sino también porque tenía un ingenuo y simple sentido del humor que resultaba muy divertido. A veces, sin embargo, era también un poco lúgubre. Un día se sentaron a descansar en la escalera, aburridos de estar dando vueltas sin sentido en aquel edificio ruinoso y sucio, y Humberto se quitó los zapatos y las medias y extendió los dedos de los pies como un abanico.

-¿Qué haces? -preguntó Fermín.

-Estoy dándole aire a mis sabañones para que mueran. ¿No los oyen desde aquí gritar de dolor en su agonía?

Ninguno dijo nada más, pero el ruido que venía, desde todas partes, rodando por los corredores como un trueno, se oyó como el anuncio de un ceremonial de muerte. Esa vez fue así efectivamente. Un tremendo tumulto se acercaba por el corredor. Muchos reclusos, en apretado grupo, venían tras dos hombres que peleaban furiosamente. Los puñetazos y las patadas iban de un lado a otro. Cada uno tratando de golpear al otro con la mayor fuerza. Cuando estuvieron más cerca, Rody pudo ver que los dos contrincantes sangraban profusamente. Los que hacían corro a la pelea gritaban, desgañitándose a todo dar, cada uno alentando al que le importaba más que ganara el encuentro. Los peleadores rodaban por el suelo, se levantaban y volvían a pegarse, concentrados solo en los golpes que se daban con la desesperada furia de los condenados. Rody se pegó contra la pared para evitar ser atropellado por el febril grupo que se movía alrededor de los contrincantes. Apenas podía respirar el aire húmedo, impregnado del sudor de todos los reclusos que saltaban y gritaban animando la pelea.

De pronto, un reflejo metálico rasgó la penumbra del corredor. Alguien gritó: ¡tiene un chuzo!. Fue demasiado tarde, y casi de inmediato, un grito desgarrador y el golpe sordo de un cuerpo que caía al suelo, dieron por terminada la pelea. Los reclusos se apresuraron a dejar el sitio, todos corrieron en diferentes direcciones y, en un instante, quedó el herido solo, tirado en el suelo, sangrante e inmóvil. De pronto se hizo un silencio aterrador, no se oyó nada más, era un vacío sonoro que espeluznaba. Humberto recogió sus zapatos que aún estaban en el suelo y se lanzó escaleras abajo, seguido de Fermín y Rody. Fueron los últimos en dejar la escena de la pelea. Cuando se detuvieron en un sitio seguro, ninguno de ellos pronunció palabra, no hablaron por largo rato, parecía superfluo e innecesario hacer ningún comentario sobre lo que acababa de ocurrir. La vida -pensó Fermín- se explica por sí sola, aunque no se comprenda nada.

La cárcel se le hacía insoportable a Rody, nunca había imaginado que aquellas instituciones fueran tan inmundas y peligrosas, aunque lo había leído en los periódicos muchas veces. Se sentía también muy cansado. Apenas podía dormir por las noches. No tenía celda donde estar, así que dormía en cualquier corredor, en cualquiera esquina, sin nada con que cobijarse sobre el piso frío y duro. Aun peor que eso, era estar siempre alerta contra cualquier ataque de parte de alguno de los reclusos. Por las noches se escuchaban refriegas y gritos que, como ya estaba bien comprobado, seguramente provenían de alguien a quien apuñalaban o violaban, o de alguien que deliraba a consecuencia de las drogas. Si no hubiera sido por Fermín, hubiera experimentado aun más desaliento. El periodista hablaba mucho con él y a pesar de que, por lo regular, su conversación era muy seria y enjundiosa, lo llevaba a interesarse en temas que lo alejaban momentáneamente del horror de la cárcel. Fermín, naturalmente, hablaba mucho de política.

Uno de sus temas preferidos era la ineficiencia y la dejadez del gobierno que, contando con recursos económicos enormes, mantenía al país, sin embargo, en el colmo de la desorganización y el caos. Los hospitales -decía- no funcionan, tampoco las escuelas, mucho menos los servicios esenciales como el agua, la electricidad, el aseo urbano. Fíjate en esta cárcel, por ejemplo, todo esto no parece del siglo XX sino del medioevo. ¿Cuándo se ha visto tanta desorganización, suciedad y violencia? Con un poco de esfuerzo y de dinero (y de esto último hay mucho), el gobierno podría muy bien darle al país lo que se merece, lo que necesita, el bienestar y la tranquilidad que hoy brillan por su ausencia. Pero, no, todo se va en hablar, fiestear y dedicarse al peculado, mientras el país se muere de mengua. ¡Qué tristeza, Dios mío!

Fermín también adoctrinaba a Rody en cuestiones prácticas para ayudarlo a sobrellevar la vida en prisión. Le había explicado cómo funcionaban las pandillas y cuáles eran las más poderosas, así como dado información sobre cómo fabricaban los chuzos para defenderse o agredir. También le había hecho notar que lo que más convenía para la seguridad personal, era mantener un ánimo sereno, para no dar la impresión de que se tenía miedo en ningún momento y, sobre todo, le había advertido muchas veces que no anduviera solo por ningún lado, ya que como él era joven y buenmozo, sería fácil presa para muchos. Un día, sin embargo, Rody se aventuró solo a uno de los baños. Casi de inmediato, de la penumbra del lugar, tres hombres aparecieron y le cortaron el paso. Rody trató de pasar y los otros se lo impidieron. Empujó a uno, pero los otros dos lo agarraron por los brazos y arrastraron hacia el interior oscuro del baño. En ese momento un hombre apareció detrás de ellos: era Humberto. El boxeador tomó a uno de los hombres por el cuello y lo lanzó contra la pared con gran fuerza. De inmediato, se dio vuelta y golpeó al segundo en la cara, y lo tumbó al piso.

El tercero huyó para no tener que enfrentarse con él. Rody se recuperó del susto y salió de allí con su amigo. Sentía mucha satisfacción y agradecimiento de que no le hubiera pasado nada. Sin embargo, no aprendió la lección, y en otra ocasión se descuidó de nuevo. Mientras se dirigía por un corredor al patio, sin la compañía de su guardaespaldas, los mismos sujetos que lo habían interceptado antes, aparecieron y se aproximaron. No tuvo tiempo de escapar. Lo agarraron entre los tres y lo golpearon hasta dejarlo inconsciente y maltrecho. Pasó varios días en la enfermería, que no era nada mejor que el resto de la prisión.

Cuando salió de la medicatura, Rody no era la misma persona. Su natural taciturno se había agudizado al punto de pasarse todo el día en silencio. Fermín se preocupó mucho, pero era poco lo que podía hacer. Humberto, con su humor ingenuo y dicharachero, tampoco surtía efecto en el estado de ánimo del amigo. Rody sentía un cansancio interior que no le permitía darse cuenta de nada. Así estaban las cosas después de tres semanas en aquella prisión.

Los acontecimientos por suerte comenzaron a sucederse en otra dirección. Un día le pidieron que fuera hasta las oficinas y allí le comunicaron que estaba libre, que podía irse.

-Vaya a buscar sus pertenencias, y regrese acá -le dijeron.

Rody tenía solo lo que llevaba puesto, todo lo que había traído a la cárcel se lo habían robado. No dijo nada, sin embargo, para poder regresar adentro y despedirse de sus amigos. Así lo hizo. La despedida fue corta pero muy emotiva. Fermín y Humberto sentían mucho que se fuera, pero se contentaban porque iba a estar libre y lejos de aquella prisión. Fermín le preguntó si tenía dinero.

-No, ninguno. Apenas llegué acá me robaron la billetera.

-contestó Rody.

Fermín le dio algunas monedas que sacó de un bolsillo.

-Por si acaso nadie viene a buscarte. -dijo casi como disculpa.

Cuando salió a la puerta de la prisión, vio que nadie había ido a buscarlo. Pensó que, probablemente, América no estaba enterada que lo dejarían libre ese día. Tomó un autobús y se fue a casa.

América lo esperaba a la entrada de la casa de vecindad. Se abrazaron sin decir palabra y se dirigieron por el callejón de la vivienda hasta la habitación que ocupaban. En el trayecto, América le dio toda clase de explicaciones por no haber ido a buscarlo a la cárcel, pero él no estaba interesado en eso. No le importaba realmente que ella no hubiera ido. Rody la veía en silencio con mucha insistencia, como si fuera la primera vez que lo hacía, y se preguntaba en su interior si aquella muchacha era realmente su compañera. Parecía otra persona, alguien a quien él no había visto anteriormente y que hablaba de cosas que él no había oído jamás. Seguramente, se dijo, es mi imaginación, porque yo sé muy bien que ella es América y que vivo aquí, en este lugar. Por su parte, la muchacha se esforzaba por comunicarse con él, comprendiendo que su reticencia era producto de las semanas pasadas en la cárcel, sin tener noticias de nadie ni de nada.

América había preparado algo para comer y, después que comieron, Rody se sintió agotado y anunció que se iba a dormir.

-No he dormido en semanas -dijo excusándose.

La muchacha comprendía muy bien, y los dos se fueron a la cama. Rody durmió como un bendito, pero América estuvo dando vueltas en la cama hasta el amanecer.

Al día siguiente, como América le había prometido a Roberto y Antonio que irían a verlos, fueron a cenar con ellos. Los dos amigos recibieron a Rody con grandes demostraciones de alegría.

-¿Y qué te parece? -preguntó Antonio a Rody- Si no hubiera sido por tu cuñado todavía estarías en la cárcel.

-Sí, tengo que agradecérselo, ya América me contó todo.

-¿Y cómo es la cárcel? -quiso saber Roberto.

-No quiero ni acordarme, mejor es no hablar de eso -replicó Rody.

Todos callaron, comprendiendo que se había tocado un punto sensible, y no se habló más del asunto.

Rody no se recuperó de su modorra. Pasaba los días ensimismado, encerrado en sí mismo, con la mirada fija en algo que no veía con sus ojos porque eran más bien fantasmas de su mente. Trabajaba poco y con desgano. La situación económica era cada día más apremiante, pero él no se percataba de ello. América se consumía de ansiedad, porque no encontraba manera de comunicarle a Rody que era necesario que volviera en sí y recuperara el control de su vida. Él escuchaba todo, pero no reaccionaba a sus ruegos. Encima, la muchacha se dio cuenta de que el dinero que ganaba en la calle desaparecía en su mayor parte. Le preguntaba la causa de que eso sucediera, pero no recibía respuesta.

Un día, América descubrió lo que acontecía: Rody gastaba el dinero en drogas. Encontró un pequeño sobre con un polvo blanco en uno de los bolsillos de sus pantalones, que no podía ser otra cosa que droga. Llena de zozobra, fue a ver a Roberto y Antonio. Los dos amigos se mostraron muy sorprendidos de lo que ocurría. "Si nos lo hubiera dicho otra persona, -dijeron- no lo hubiéramos creído". Rody siempre fue un muchacho tan sano, tan ingenuo. Ciertamente, la cárcel había podido más que él." Tenían que hacer algo por Rody, y comenzaron a pensar en diferentes cursos de acción. Pensaron que lo mejor sería entretenerlo llevándolo a muchos sitios, a los partidos de pelota, a las carreras de caballo, al teatro, a los museos tal vez... Antonio, que deseaba ver una obra teatral que estaba en cartelera, le dio preferencia a esta opción. Pero Roberto no estaba de acuerdo.

-¿Ir a ver "Esperando a Godot" con Rody? Estás loco. Me han dicho que esa obra es tremendamente críptica.

-Pues, a mí me han dicho que también tiene un gran sentido del humor, que es muy trágica pero también muy divertida. -contestó Antonio con firmeza. No pudieron convencerlo de que aquella obra no era la apropiada para Rody, que no entendería palabra de ella, que iba a ser un aburrimiento. Pero Antonio podía ser duro como una roca y quedaron en que, al día siguiente, irían a ver la obra que se presentaba en un pequeño e improvisado teatro de vanguardia a media cuadra de Sabana Grande.

Roberto había tenido razón, Rody no tuvo ninguna reacción

mientras veía la obra, y mucho menos después de la función. Todo había sido una pérdida de tiempo. Roberto sonreía divertido, como diciendo: "¿no te lo había dicho?" Fueron a tomar café al boulevard, y mientras lo hacían, hablaron del tema. Sorpresivamente, Rody se había formado una opinión sobre la obra que no dejaba de ser interesante.

-Esos pobres hombres estuvieron esperando todo el tiempo a Godot, a Dios realmente, pero Dios no apareció por ningún lado. -comentó Rody en tono tranquilo y como ausente.

-Tienes mucha razón -aprobó Antonio- Es la opinión más inteligente que he escuchado sobre la obra de Beckett. Todos esperamos a Dios, a Godot, pero Dios no se digna tomarnos en cuenta y venir.

Los esfuerzos de América y los amigos por sacar de su estupor a Rody, no surtieron ningún efecto. Lo llevaron a todas partes, inventaron toda clase de diversiones, pero todo fue inútil. El muchacho no parecía estar interesado en nada, como no fuera pasarse el tiempo rumiando en su interior, quién sabe qué clase de cosas. Poco a poco, cansados de inventar idas y venidas, los dos amigos y América lo dejaron tranquilo en su aislamiento.

Así estaban las cosas cuando yo los descubrí en el boulevard. Todavía estaban sentados allí, sin hablar y sin mirarse, como dos efigies egipcias en medio del desierto. Como la tarde ya refrescaba, se veía mucha más gente en el boulevard. Los dos "hippies", sin embargo, no parecían darse cuenta de eso, y continuaban sentados en su posición rígida, hierática. De pronto vi a un señor de mediana edad, bien vestido, que se aproximaba a ellos. Se detuvo a unos cuantos pasos, los miró por un momento y continuó su camino. Fue a sentarse a una mesa cercana, desde donde podía ver a los "hippies" sin ningún problema. Pensé que, tal vez, era el padre de

América: Ricardo Rodríguez. Me dije que no podía ser otro si no él. Correspondía en todo al retrato que me había hecho de su persona: un hombre de buena estatura, bien parecido, de cierta afectación en sus modales y un aire de superioridad de esos que dicen que se "beben el viento". Por los momentos, dejé a los muchachos a un lado y me concentré en don Ricardo. Vestía traje gris, llevaba corbata azul, y zapatos tan lustrosos que relucían bajo el sol. Su cara se contraía en una expresión voluntariosa y enérgica. No se necesitaba mucha perspicacia para ver que era hombre de pocas palabras y ninguna bondad. Acostumbrado a mandar, diría yo. Don Ricardo enfrentaba muchos problemas en esos momentos.

Ya el asunto de América lo había sacudido bastante, al punto de que no deseaba hablar con ella más nunca, y la veía ahora desde su mesa, situada justo detrás, como si viera a una desconocida que no le importara nada. Pero había más. Félix lo preocupaba bastante. Su hijo lo decepcionaba y sacaba de sus casillas a cada momento. Era un vago que no tenía ninguna inclinación al trabajo, y veía como natural y bueno vivir de los demás. No podía decir tampoco nada bueno de su hija Angélica: aquel cero a la izquierda, que no se ocupaba de nada serio, dedicada solo a pasatiempos inútiles, chismes y tonterías, y a cultivar la amistad de amigas zafias e insulsas. Por suerte, allí estaba también Arturo, el único en quien podía confiar para llevar adelante la fortuna de la familia. El hijo mayor se ocupaba de los negocios, entendía los mecanismos para ganar dinero con rapidez y seguridad, sabía cómo y cuándo invertir, además poseía mucha intuición para calibrar la gente, lo cual le granjeaba la apreciación y aprobación de todos. Si no fuera por él -se dijo Ricardo- la familia no tendría futuro. No quiso volver a pensar en América, la hija que lo había llenado de oprobio. No le perdonaría nunca haberse liado con un ser como aquel: un "hippie" que no sabía ganarse el pan con un trabajo digno y seguro. Lo último que deseaba era tener otro Félix en la familia, otro ser inútil, irresponsable y cabeza hueca. Su hijo ya era suficiente castigo para su paciencia. La prueba estaba en lo que había hecho recientemente para sacar al "hippie" de la cárcel. No solo había pagado a alguien para que diera la orden de libertarlo, sino que también le había dado dinero a América, que no era propiamente suyo, puesto que no lo había ganado, para que ella pudiera salir a flote de sus problemas pecuniarios.

Don Ricardo se había enfurecido mucho con todo esto. Encima, Félix no tuvo el menor reparo en contarle toda la historia, lo cual añadía un agravio más. El muchacho era un caradura de los peores, no tenía vergüenza. Qué fácil le resultaba regalar dinero cuando era el de otras personas. Desde cualquier punto de vista, aquello constituía un acto de simple y desnuda inmoralidad, algo que él no comprendía ni deseaba comprender, así viviera cien años.

En ese momento, don Ricardo se levantó de su silla, se acomodó las ropas y se dispuso a irse. Yo hubiera querido detenerlo, no deseaba interrumpir mis imaginaciones. Pero no había nada que hacer, el hombre se alejó por el boulevard, confundiéndose con la multitud. Por suerte, allí todavía estaba América, con los ojos puestos en el vacío, absorbida en penosos pensamientos. Parecía que ella estuviera enterada de lo que sucedía en el seno de su familia. Félix se había entrevistado con ella varias veces y, si uno recordaba la naturaleza voluble y habladora del hermano, no podía dudarse de que hubiera dado a la muchacha noticia de lo que transcurría en su casa. Muchas cosas sucedieron y continuaban sucediendo. Algunas muy melodrámaticas y terribles. Yo tenía todavía mucho que imaginar.

Solamente lo que concernía a Arturo era normal y corriente en casa de los Rodríguez. El hermano mayor estaba preparando su matrimonio con Leonor Altuve, una muchacha de familia rica y muy bien relacionada. No podía esperarse menos de Arturo, quien siempre había sido adepto al dinero y a la buena posición social. Su vida siempre estaba perfectamente controlada, planeaba minuciosamente el presente y el futuro, evitando así sorpresas o sobresaltos inesperados. Nada estaba dejado al azar, y mucho menos algo tan importante como el matrimonio. Era necesario casarse bien, con la mujer y la familia adecuadas. Arturo no se transaría por menos. Angélica era en cambio todo lo contrario. Era inconstante, voluble, sin rumbo y sin norte. Su padre la despreciaba tanto como despreciaba a Félix, con quien la muchacha tenía muchas afinidades. Angélica también se parecía a su madre.

Cuando Ricardo Rodríguez conoció a Amelia González y se enamoró de ella, realmente no vio más que su bella cara y su esbelta figura. No se detuvo a considerar si detrás de aquel físico bello existía alguna otra cosa de valor o consistencia. La belleza de su mujer lo cegó por completo, desbarató sus defensas, lo dejó completamente inerme bajo un temporal de vanidades.

Cuando se dio cuenta de lo que era Amelia, ya era tarde: estaba casado y, según su código, para siempre. El hombre precavido, cauto, sereno y certero que era él en los negocios, se había dejado embrujar por los encantos femeninos de alguien que no era más que un caparazón vacío. Toda su vida deploraría aquel traspié que decía poco de su conocimiento de las gentes, de su perspicacia para valorar a los que estaban a su alrededor. Eso lo enfurecía y lo hacía rabiar. Dos años después de casarse con Amelia, ya había perdido todo interés en ella. La mujer era insensible, vana y carecía de imaginación hasta en la cama. En pocas palabras, lo aburría profundamente. Así que decidió desde temprano vivir la vida a su manera, sin tomar en consideración ninguna otra cosa que no fuera su propia conveniencia. Amelia instintivamente comprendió los límites que le imponía su marido y, olvidada de todo, comenzó a vivir también como le parecía mejor o como se le antojaba. Sus vidas paralelas se tocaban muy pocas veces.

Cuando América dejó a su familia, ya el drama que los iba a envolver a todos había comenzado a desarrollarse. Amelia había contratado a una muchacha para hacer la limpieza de la casa. Al principio casi nadie la notó porque la muchacha andaba silenciosa, como una sombra, haciendo su trabajo por toda la casa. El primero en notarla fue Félix. Se fijó en ella porque Rita, que ese era su nombre, aunque no era particularmente bonita, ni esbelta, ni mucho menos refinada, transmitía con todo su cuerpo un mensaje olorosamente sensual, al que casi podría decirse de animal en permanente celo. Realizaba su trabajo en silencio, con los brazos desnudos y el pecho apretado dentro del uniforme que le quedaba chico. Félix estuvo a punto de abordarla un día que andaba embriagado y ardiente, pero se alejó confuso y trastornado. No estaría nada bien -pensó- enredarse con una criada. No sucedió lo mismo con don Ricardo. Cuando el señor de la casa se percató de la sensualidad de la criada, no sintió ningún escrúpulo en perseguirla. Aparecía para verla trabajar, se le acercaba y le dirigía a veces la palabra.

Un día se atrevió a poner su mano sobre el brazo de Rita, y ella no hizo movimiento alguno para retraerlo, y tampoco dijo nada. Ricardo sintió que aquello era la aceptación de sus deseos, y se prometió probar esa noche su suerte. Cuando todos dormían, tarde ya, sigilosamente se introdujo en el cuarto de Rita. La criada no pudo o no quiso rechazarlo y, desde ese momento, se acostaron juntos cada vez que Ricardo podía llegar hasta su cuarto sin levantar sospechas.

El cuarto de la muchacha estaba bien amoblado. Los Rodríguez cuidaban de que sus criados tuvieran todo lo necesario para vivir con comodidad, en una escala modesta por supuesto. La cama no era muy ancha, pero dos personas podían yacer en ella sin sentirse oprimidas. Un escaparate de buen tamaño, un lavamanos y una cesta para la ropa sucia completaban el mobiliario. El cuarto de baño quedaba cuatro puertas más allá, al final del corredor, después de las habitaciones de los demás criados. Don Ricardo no se quedaba toda la noche, por lo general se retiraba a eso de la una de la madrugada. No estaba acostumbrado a dormir toda la noche con otra persona y, además, no deseaba que lo vieran salir de la habitación de Rita ya entrada la mañana.

Como todo lo que hacemos trae siempre consecuencias, para don Ricardo no fue la excepción de la regla. Una noche cuando Félix no podía dormir y fue a la cocina para beber leche, vio pasar a su padre en dirección a los cuartos de los criados. Lo siguió y lo vio entrar a la habitación de Rita. No se asombró mucho por ello, porque conocía las andanzas de su padre con otras mujeres, pero no le agradó mucho que estuviera acostándose con la criada. Después de todo -pensó- si yo no lo hice, no veo por qué lo tiene que hacer él. Esa clase de cosas no se hacen en casa propia. Y se prometió que, al otro día, hablaría con su padre.

Al día siguiente Félix encontró la oportunidad para entrar al estudio de su padre y hablar con él. A Ricardo le pareció extraño que su hijo quisiera hablarle, pero accedió hacerlo de buena gana. Por regla general, no tenían mucha comunicación y, de pronto, se le hizo deseable que la tuvieran.

-¿Qué deseas? -preguntó- Si es más dinero, déjame decirte que está muy escaso por los momentos.

-No, no se trata de dinero -replicó Félix- Quiero hablarte de la criada.

-Si es sobre eso, mejor te entiendes con tu madre. Ella es la que se ocupa del servicio.

-Si a ver vamos, tú te ocupas mejor del servicio que ningún otro en esta casa. -dijo Félix sonriendo.

-No entiendo lo que quieres decir.

-Quiero decir que te vi entrar al cuarto de la criadita anoche. Sé muy bien cómo te ocupas de ella.

-Conociéndote como te conozco, imagino que querrás sacar provecho de tu conocimiento, ¿no es así?

-No, no, no necesito dinero ni nada. Solo quiero que sepas que así como te he visto yo, en cualquier momento te verá otro, y eso sería un problema grande.

-¿Y eso te preocupa?

-Naturalmente, pienso en mamá.

-Ah, muy altruista de tu parte. Tu madre debería apreciarte mejor. Por lo que a mí concierne, no te preocupes, me cuidaré de que nadie se entere. ¿Satisfecho?

-Yo solo quería advertirte, eso es todo.

-Ya, me doy por advertido. ¿Era todo lo querías decirme?

-Sí, era todo.

Félix salió del estudio un poco corrido por la poca importancia que su padre parecía darle al asunto. Se dijo que había hecho lo que le había parecido conveniente dadas las circunstancias. Si su padre no tomaba aquel asunto en serio, ¿por qué tendría que hacerlo él? Así se lo llevaran mil diablos, no iba a preocuparse más por el asunto.

Ricardo Rodríguez era un hombre de gran aplomo. La entrevista con su hijo no dejó de hacer mella en su ánimo, pero se dijo, por otro lado que, aunque se descubriera su devaneo con Rita, nada de gran consecuencia podría ocurrir. Su relación marital con Amelia, desde hacía mucho tiempo, ya no era la de marido y mujer, apenas se comunicaban de vez en cuando y, lo que era aun peor: dormían en cuartos separados. No iba a dejarse amedrentar por la advertencia de Félix. Un hombre recio como él, acostumbrado a batallar todos los días con los más entreverados problemas, no iba a perder el sueño por si se descubría o no su relación con la criadita. Él estaba acostumbrado a mandar, y mandaría que todos guardaran silencio si se hacía necesario.

Lo único que en este asunto preocupaba a don Ricardo era que la criada era una criada. Bonita o no, no era más que eso, y él siempre había estado por mantener las distancias. No se trataba de que se considerara un aristócrata ni nada parecido, después de todo, venía de una familia de clase media que nunca se destacó en ningún nivel y que apenas contó con los recursos necesarios para sobrevivir. Él había cambiado esa situación con esfuerzo e inteligencia, y había logrado que la fortuna girará en su favor, y eso lo llenaba de justo orgullo. No sentía mucha simpatía por los que no habían sabido superarse en la vida.

Cada vez que podía, le endilgaba a alguien su admonición preferida sobre los beneficios que depara el no dejar pasar las oportunidades que se presentan. No comprendía cómo, en un país en el cual la educación ha sido gratuita desde hace tanto tiempo, todavía se contaban por cientos de miles las personas que apenas sabían leer y escribir. No entendía esa falta de interés por superarse, por encontrar caminos que mejoraran la vida, y despreciaba a los que se contentaban con quedarse en los bajos estratos. No era tampoco que se considerara un intelectual, un letrado, una lumbrera, pero ciertamente había aprendido lo que había sido necesario aprender para realizar su trabajo y lograr sus objetivos. No le pedía más a ninguna otra persona, por eso desesperaba en ocasiones al ver cómo su familia, exceptuando a Arturo, perdía el tiempo en tonterías y necedades improductivas.

Criada o no, lo cierto es que Rita se le había incrustado en el alma.

La muchacha sabía cómo complacerlo en la cama y, después de varias noches pasadas juntos, Don Ricardo ya no hubiera podido prescindir de ella. Sus visitas nocturnas comenzaron a ser más frecuentes. La muchacha sabía complacerle. Instintivamente descubría cuáles eran las zonas más sensitivas del placer y se concentraba en ellas con gran esmero. Nadie hubiera podido pedir más, pero Ricardo también se dio cuenta pronto de que Rita poseía una dimensión que iba más allá de lo puramente sexual, y que comprendía y se explicaba los problemas sencillos de la vida con lucidez y perspicacia. Así mismo le encantaba la manera sencilla de su arreglo personal, así como la forma llana y pintoresca de su lenguaje. Conocía y utilizaba muchos refranes y dichos populares. Ricardo la llamaba su "Sancho Panza". Él nunca había leído "El Quijote", pero sabía de la predilección de Sancho por los refranes. Se desternillaba de risa cuando Rita ensartaba algunos: "no hay mal que por bien no venga", o "el que nace barrigón ni que lo fajen chiquito", o "no hay mal que dure cien años ni cuerpo que lo resista"...

Pasaron varios meses. Ricardo y Rita se acostumbraron a verse por lo menos dos veces a la semana. Lo hacían ya sin muchos temores, y se acostumbraron esa rutina porque sabían que sería muy difícil descubrirlos. Y en el caso de que esto sucediera, tenían la seguridad de que nadie los delataría por temor a represalias por parte del dueño de la casa. Félix no había revelado el secreto, así que era justo pensar que ninguna otra persona se atrevería.

Cuando menos lo esperaban, la suerte se revolvió contra ellos. Una noche, cuando Ricardo visitaba a Rita, Amelia llegó enfurecida y comenzó a darle golpes a la puerta de la habitación. La mujer gritaba insultos con voz estrangulada por la rabia, y tuvieron que abrirle. La escena fue violenta y prolongada. Amelia gritaba toda clase de improperios. Ricardo y Rita la escuchaban sin reaccionar ante aquel ataque tan súbito e inesperado. Amelia se dio vuelta de pronto, fue al escaparate de Rita y comenzó a sacar toda su ropa, mientras gritaba que la muchacha tendría que irse de la casa esa misma noche. Ricardo, reaccionó al fin, y lleno de rabia y desprecio infinito, se interpuso entre su mujer y el escaparate. Agarró a Amelia por los brazos y le gritó con voz sorda y profunda: "Rita no se va a ninguna parte, la que se irá eres tú". Amelia se detuvo sorprendida, anonadada por lo que oía.

-¿Cómo voy a irme? Esta es mi casa. -gritó enfurecida.

-Era tu casa. Ya no. Quiero que te vayas ahora mismo. -replicó Ricardo con fiereza.

Arrastró a Amelia por un brazo y la llevó hasta la puerta de la calle. La mujer no pudo resistirse, de pronto todas las fuerzas le fallaron y lo dejó hacer. Ricardo la empujó fuera de la casa y cerró la puerta con fuerza. Su mujer se quedó allí, frente a la puerta, paralizada por un profundo miedo. ¿Qué había sucedido? Tardó varios minutos en recuperarse. ¿A dónde podría ir? Toda su familia estaba residenciada en otras ciudades. No le quedaba otro camino que ir a casa de Josefina, la hermana de Ricardo. Ella seguramente aceptaría darle cobijo por unos días, mientras encontraba solución a su problema. Amelia había adivinado las andanzas de su marido con la criadita hacía ya varias semanas, pero decidió esperar para cerciorarse de que aquello no era más que un asunto pasajero. Al cabo de un tiempo ya no pensó lo mismo, y esa noche había decidido actuar. No era que le importara mucho la infidelidad de su marido, pero su orgullo quedaría muy maltrecho si dejaba pasar aquel insulto a su persona. Que su esposo se acostara con quien quisiera, pero con una criada, y en su propia casa era ya el colmo, la más grande vileza que podía perpetrar. Amelia nunca se imaginó, sin embargo, que su retaliación tendría como consecuencia su destierro del hogar.

¿Cómo fue posible que aquello sucediera? La noche estaba fresca y comenzó a sentir frío, apenas tenía un ligero vestido encima. Decidió irse, pero en ese momento la puerta se abrió y apareció Félix. Ella corrió hacia él sollozando, tal vez era portador de algún consuelo o de alguna noticia que viniera a aliviar su angustia.

Félix la abrazó en silencio.

-¿Y ahora, qué piensas hacer?- preguntó muy bajo, como si fuera un secreto.

-Ah, no sé de cierto, pero pensé que tal vez podría quedarme casa de Josefina por unos días.

-Me parece bien, voy a buscar el automóvil y te llevo. - dijo Félix, aliviado de que su madre no hubiera tomado una determinación más drástica.

Ricardo no sabía cómo explicarse sus acciones de esa noche. No era característico en él perder los estribos a ese extremo, ya que por lo general tomaba decisiones con la cabeza fría y el ánimo sereno. Pero esa noche había perdido los estribos a un punto que no reconocía como suyo. La única explicación posible para el giro que habían tomado los acontecimientos, se encontraba en la importancia que había cobrado ya su relación con Rita. Ella era en los momentos todo lo que deseaba. Todo el afecto que tenía por la vida se había concentrado en ella, no necesitaba nada más.

Rita, por su parte, pensó que lo que había sucedido esa noche no tenía explicación. Cierto era que no estaba bien que se acostara con el señor de la casa, pero no había sido ella quien lo había buscado. Él se le había metido por los ojos, con insistencia de macho hambriento. Ella se había limitado a seguir la corriente de los acontecimientos, aunque reconocía que el señor había terminado por gustarle y que sus visitas le resultaban muy placenteras. Comprendía que la señora estuviera furiosa por la infidelidad de su marido, pero se le hacía difícil aceptar toda la violencia que había desatado. "Aquello no parecía asunto de señores sino más bien de criados", se dijo compungida mientras se preparaba para acostarse.

Esa noche nadie durmió tranquilo en casa de los Rodríguez. Lo que había sucedido gravitaba sobre el ánimo de todos. Ricardo no pudo cerrar los ojos, pensando en lo que había hecho al dejarse llevar por la ira. No podía encontrar justificación alguna para su proceder de esa noche y, con eso en la mente, se dejó vencer por el sueño y el cansancio y se quedó dormido.

Era ya bastante tarde cuando Félix y Amelia llegaron a casa de Josefina. Ella vivía en un barrio de clase media, donde las casas hacían fila, adosadas una contra otra, con ventanas enrejadas que daban directamente a la calle. Ninguna tenía jardín. Tuvieron que tocar varias veces a la puerta para que les abrieran. La hermana de Ricardo apareció llenando toda la puerta con su cuerpo. Era una mujer físicamente imponente, algo que iba muy de acuerdo con su temperamento suspicaz e irascible. Se sorprendió mucho al verlos llegar a esa hora, pero los invitó a pasar adentro inmediatamente. Cuando Amelia le contó lo que había pasado, su poderosa ira se desató en un torrente de santas imprecaciones y gritos. Una vez calmada, le dijo a Amelia que podía quedarse en su casa todo el tiempo que quisiera, que seguramente no sería muy largo, puesto que ella hablaría con su hermano y lo obligaría a despedir a la criada, aceptar a su esposa, y cumplir con sus obligaciones de esposo y padre.

Félix que, en ese punto, se dio cuenta de que ya era muy tarde, que el drama que se desarrollaba parecía ya interminable y que se sentía muy cansado, decidió despedirse y salir de allí. Su madre se abrazó a él con fuerza, soltando muchos suspiros, todavía muy acongojada por los terribles sucesos de esa noche y por los que, sin duda, acaecerían en los siguientes días. Félix se desprendió de ella suavemente, se despidió y se fue.

Yo no había despegado mi vista de la pareja de "hippies" que, todavía como en un trance, se mantenían distantes y abstraídos. Pero ahora otra persona había entrado en mi campo de visión: una señora de mediana edad, alta y corpulenta, y vestida con rigor en tonos de gris. Correspondía perfectamente a la imagen que me había hecho de Josefina y me pareció digna de atención. La mujer caminó frente a las cafeterías sin percatarse de la presencia de los "hippies", todavía ensimismados en sus problemas. De pronto, regresó y entró a uno de los establecimientos. Fue a sentarse a una mesa, justo detrás de la ventana vidriera del sitio. Yo podía verla claramente, iluminada por los rayos del sol de la tarde. En ese momento, el hombre que yo pensaba era Ricardo Rodríguez regresó por donde se había ido, caminando con apresuramiento. Parecía buscar a alguien, pero no detuvo su vista sobre América y Rody. Caminó frente a los cafés, y se detuvo al ver a Josefina detrás de la vidriera, entró al café y se dirigió a ella. Yo había intuido bien. No cabía duda ahora de que aquella mujer era Josefina, la hermana del magnate.

Ricardo se sentó frente a Josefina, y hablaron larga y agitadamente. Las manos de ambos volaban, haciendo incontables y enrevesados arabescos en el aire. Pasaron cerca de veinte minutos antes de que Ricardo se levantara para irse. Dejó dinero sobre la mesa, presumiblemente para pagar por el café, y salió con aire de conquistador esquilmado. Se marchó calle abajo sorteando los paseantes con ligereza de gato. Josefina se quedó en el café, pensativa por un instante, luego tomó su cartera y extrajo de ella algunos papeles. Se concentró en su lectura. Repasaba una y otra vez aquellas páginas que parecían ser, por lo visto, documentos muy importantes. Tal vez eran papeles relativos al divorcio de Amelia y Ricardo, divorcio que seguramente no estaría concluido todavía, y revisaba aquellos papeles que sin duda, pertenecían al caso. Esa había sido la razón de su entrevista con el hermano y de la discusión que yo había presenciado. No podía ser otra cosa.

Los primeros días en casa de Josefina fueron largos y penosos para Amelia. Nadie de su familia se había dignado venir a verla o llamarla por teléfono. Solo Félix apareció al segundo día, y hablaron por espacio de media hora de cosas indiferentes y sin sentido. Amelia no se hacía ilusiones con respecto a nada. El futuro se le presentaba oscuro y amenazante. No podría quedarse mucho tiempo con Josefina, cuyo carácter dominante y bilioso se le hacía insoportable. Encima, su familia parecía haberla abandonado. Esto representaba un dilema que iba a ser difícil de resolver. ¿Cómo iba a convencer a todos que ella tenía la razón? Nunca había sido mujer de iniciativa y ahora no sabía realmente qué camino tomar. Decidió esperar algunos días, porque tal vez -se dijo- los ánimos de todos se calmarán y podrán evaluar los acontecimientos con mayor serenidad. Pero se equivocó también en esto. Ninguno de su familia parecía estar interesado en discutir o revisar lo que había sucedido. Los días pasaban y nada se resolvía, hasta que una tarde recibió por mensajero una carta anunciándole que Ricardo deseaba el divorcio, un divorcio amigable, pero definitivo e incontestable.

Josefina había sido la única que había tratado de hacer algo por Amelia. Telefoneó muchas veces a Ricardo para concertar una entrevista, pero él se negaba a verla, alegando que no deseaba discutir sus asuntos maritales con nadie, y mucho menos con miembros de su familia. No obstante, la insistencia de Josefina fue tal que, al fin cansado, tuvo que claudicar y aceptar verla para discutir el asunto.

Yo había sido testigo de esa entrevista, y por lo que vi, nada parecía haber ido muy bien. Los dos personajes, si uno se guiaba por sus ademanes y expresiones, se habían lanzado toda clase de improperios, y agotado todos los argumentos, y era obvio que no habían resuelto nada. Josefina continuaba todavía allí revisando papeles, había sacado de su bolso un lápiz y un cuaderno de apuntes y hacía anotaciones con mano febril e insegura.

Josefina poseía un carácter intratable como su hermano, por esa razón, porque se parecían tanto, nunca habían hecho buenas migas. Ni siquiera de niños se entendieron muy bien. Luego la vida los había llevado por diferentes caminos, se habían distanciado, apenas se encontraban de vez en cuando en reuniones familiares que era imposible soslayar. Josefina, encima, se había casado con Luis Martínez, un empleado público de tercera categoría que ganaba poco y que no tenía aspiraciones de ninguna clase. Ricardo no podía perdonarle semejante desatino. Lo que él no sabía era que su hermana era feliz con Martínez, muy feliz...aunque tal vez no enteramente.

Siendo aún muy joven, Josefina descubrió que su naturaleza era muy táctil, muy de carne, muy sensual. Conoció a Martínez en el matrimonio de una amiga, se sentaron juntos y conversaron y, al final de la noche, se fueron a casa de él. Esa noche fue memorable para ella. Desde el primer momento se dio cuenta de que él podía complacer todos los requerimientos de su carne. El hombre era un portento de potencia sexual y ella no necesitaba más que eso. Se casaron a los pocos meses de haberse conocido. Se entendían siempre muy bien gracias a que Luis poseía un carácter dúctil y una despreocupación total para todo lo que estuviera a su alrededor. Nada parecía alterarlo. Cuando Josefina armaba una rabieta, él sonreía y se desentendía de lo que ella argumentaba. Ante esa muralla de indiferencia, la intransigencia de Josefina se disolvía y todo volvía a la calma. La pasión que consumía a ambos duró mucho tiempo y todavía duraba, solo que en los últimos años un nuevo elemento había entrado en juego. Josefina, de pronto había comenzado a sentir remordimientos por ser tan feliz y estar tan plenamente satisfecha en su vida sexual. Aquella situación no estaba enteramente bien -se dijo- y comenzó a rumiar toda clase de argumentos para descubrir las razones de su desasosiego. Se dio varias explicaciones, pero la que le pareció más probable tenía como base la esterilidad que hasta esos momentos reinaba en su matrimonio. Luis y ella hacían todo lo posible por tener descendencia, pero nada resultaba. Encima, Luis se negaba a ir al médico para ver si tenía algún problema que afectara su fertilidad y, como él se negaba a revisarse, Josefina no veía razón alguna para que ella tuviera que hacerlo. No bastaba que solo uno se examinara, aquello era una cuestión que tenían que encarar los dos.

Un domingo fue a misa y decidió quedarse en el templo después de los oficios. La penumbra del lugar era un sedante para su ánimo, así como el olor a incienso y a cera derretida. Desde su sitio podía oir las voces apagadas de algunos feligreses que, como ella, habían decidido quedarse. No se sintió perturbada por eso, al contrario, las voces parecían formar parte también de la quietud y la oscuridad del templo. Su espíritu se sintió reconfortado, tranquilo, en paz consigo mismo. Fue entonces, en aquel remanso de paz, cuando tomó la resolución de dedicar parte de su tiempo a trabajar por la congregación de aquella parroquia. Se preocuparía por todos, contribuiría a realizar caridades, ayudaría a resolver los problemas de otras personas, y ya no sería una mujer egoísta e interesada solo en conseguir su propio placer y provecho. No tendría que abandonar nada. Su vida marital continuaría siendo lo que siempre había sido: un mundo de placer satisfecho. Aquellos encuentros amorosos con Luis, tan llenos de energía y pasión, le eran imprescindibles. Dios mismo no se opondría porque no había nada de maligno en ellos. Después de todo, era su deber de casada cumplir como esposa. Ahora también cumpliría con la comunidad, dedicando tiempo y esfuerzo a favor del bienestar y felicidad de otras personas. De esa manera, ya no tendría nada que reprocharse. Podría pasarse el resto de su vida tranquila y satisfecha.

Desde ese día en la iglesia, Josefina hizo lo que se había propuesto. Comenzó a organizar verbenas de caridad a favor de grupos y asociaciones religiosas que se dedicaban a esos menesteres; ayudaba en la iglesia a arreglar las flores y, en ocasiones se ofrecía para dar las clases de catecismo que, regularmente, se les daba a los niños en la nave principal del templo. También hizo algunos cambios en su arreglo personal y comenzó a vestirse con ropa más discreta y de colores más serios. Si se le hubiera preguntado a cualquiera, cuál era su opinión de Josefina, probablemente habría respondido: "es una persona muy buena, muy religiosa y beata". Ella, sin embargo, estaba muy lejos de eso. Su carácter bilioso e irascible siempre bullía dentro de ella y, en ocasiones, brotaba a torrentes de su persona.

Todavía Josefina estaba allí en el café, revisando papeles. Viéndola pensé que, tal vez, yo equivocaba el tiempo. Quizá aquellos no eran los papeles del divorcio de Ricardo y Amelia, sino papeles que tenían que ver con otro asunto. Concluido el divorcio, era probable que Ricardo estuviera traspasando todavía dinero y propiedades a su ex-esposa. Josefina servía de mediador, que era un papel que le quedaba como anillo al dedo. Yo la veía sentada al otro lado de la ventana-vidriera, cavilosa y enojada, leyendo página tras página.

Amelia se quedó algún tiempo casa de Josefina, hasta que encontró un apartamento de su agrado, en una zona de su gusto. No deseaba vivir en cualquier sitio. Josefina se esforzaba por parecer amable y despreocupada del tiempo que se tomaba su cuñada por encontrar vivienda, pero en el fondo sentía desagrado e impaciencia de que todavía estuviera en su casa. Por otro lado, pasaban los días y aún no había podido comunicarse con Ricardo. Era necesario hablar con él sobre el problema que su imprudencia había creado en la familia. Ricardo accedió a verla por fin, y tuvieron una entrevista que no resolvió nada, porque el hombre rehusaba aceptar que su mujer regresara a su casa. No quería verla más nunca, y no hubo forma de hacerle cambiar de opinión. Esta derrota fue un duro golpe para Josefina, siempre acostumbrada a hacer valer sus puntos de vista y decisiones. Su cuñada ya resultaba ser una espina clavada en su pecho, pero no podía ponerla en la calle, aguantó y esperó.

Durante los meses que Amelia se quedó con Josefina, la única comunicación con su familia fue a través de Félix, quien aparecía cada cuatro o cinco días para hablar con ella. Félix le daba noticias de todos. Al otro día del drama con Rita, la situación de la familia había cambiado radicalmente. Angélica, humillada y enojada, se fue a vivir de inmediato casa de una de sus amigas. Arturo se mudó a un hotel, furioso ante la estupidez (lo expresó así a gritos) de su padre, a quien responsabilizó enteramente por todo lo ocurrido. El único que se había quedado acompañando a Ricardo había sido Félix, a quien no le pareció conveniente dejar solo a su padre en esos momentos problemáticos y tristes. Ricardo no pensaba lo mismo, para él los momentos no eran tristes, y no le hubiera importado quedarse solo en la casa. Él estaba acostumbrado a encarar las más graves situaciones, y la que se le presentaba ahora no le parecía muy difícil.

Para comenzar, le pediría el divorcio a Amelia y le daría suficiente dinero para que se calmara y lo dejara tranquilo. Con la ida de Arturo y Angélica, también se había resuelto otro problema, ya no tendría que alimentarlos y, en el caso de Angélica, ya no tendría que darle dinero ni ninguna otra cosa. En realidad, Félix era el único problema que veía frente a sí, porque el muchacho no era bueno para nada, como no fuera para holgazanear y averiguar los asuntos de otros. América había desaparecido de su vista hacía ya tiempo, y él no deseaba siquiera acordarse de ella. Ah, quedaba Rita, pero ella no sería problema alguno, al contrario, le daría mucho placer, cada vez que él lo requiriera y no exigiría nada a cambio. Ya él se encargaría de que así fuera. Le pondría límites, no la dejaría mudarse de su cuarto de criada, no le daría derechos de señora, ni le encargaría ser la jefe del personal de servicio, de esa forma todo quedaría como siempre había sido. Para mantenerla contenta la trataría bien, le daría regalos, eso sí, pero siempre guardando la distancia. Siguiendo este procedimiento no podría perder nada y, en cambio, ganaría mucho en cuanto a libertad de acción y tranquilidad.

Cuando Amelia se fue de su casa, Josefina pudo reanudar sus labores de caridad y sus trabajos en el templo, que ya constituían parte muy esencial de su vida. Regresó a la rutina de antes: durante el día se ocupaba en recoger dinero para las caridades, en atender a las labores de su casa y otras menudencias, y por las noches se refocilaba en la cama con Luis, a quien los años parecían fortalecer en lugar de menguar. En eso estaban las cosas, cuando algo vino a interrumpir la rutina: el matrimonio de Arturo. El muchacho se casaba con la Altuve en cuestión de quince días, como si tuviera prisa en hacerlo. Tal vez la situación caótica de su familia había influido en lo que parecía ser impaciencia de su parte. Josefina recibió la invitación y estuvo uno o dos días cavilando si debía asistir o no. Por fin decidió que iría, pero que se negaría a hablarle a Ricardo, a quien no deseaba ni siquiera verlo. Amelia en cambio, una vez recibida la invitación, tuvo días de preocupación y angustia. No le preocupaba ver a Ricardo ni a ninguna otra persona, pero sí que pudiera haber de pronto una confrontación y los ánimos se caldeasen. No quería volver a perder los estribos, mucho menos en competencia con su esposo, conociendo su irreprimible mal talante. Después de pensarlo mucho, decidió que, después de todo, era un hijo suyo quien se casaba y que ella tenía más derecho que nadie para estar presente en su boda.

Josefina llegó a la iglesia cuando ya la boda había comenzado. Luis la acompañaba de mala gana, metido en un traje oscuro que se había puesto a regañadientes. Se sentaron en uno de los últimos bancos cerca de la entrada, porque ya la pequeña capilla (escogida por la novia por su atmósfera apacible y elegante arreglo) estaba completamente llena. Josefina pudo ver que Amelia estaba sentada en la tercera fila, totalmente absorbida en la ceremonia, quizá para no verse obligada a reconocer a ninguno de los presentes.

Mientras continuaba la ceremonia, Josefina se dio a la tarea de observar a todos los presentes. Como no veía a muchos conocidos, concentró su atención en los novios. Desde su asiento podía ver de perfil a la novia. Estaba muy bien vestida, pero era una muchacha de físico insignificante, sin mucho carácter, eso se podía ver hasta de lejos. Arturo la habría escogido precisamente por eso. Cuando terminó la ceremonia, la marcha nupcial anunció la retirada. Todos los asistentes salieron de la iglesia siguiendo a los novios. Josefina quiso quedarse un poco más para echarle un vistazo a la capilla. Ella nunca la hubiera escogido, se le hacía pequeña y pobre en imágenes, pero no todo el mundo tiene el mismo gusto. Llegaron de últimos al Country Club, y Luis tuvo que dar varias vueltas por los estacionamientos, hasta que encontró un puesto para su automóvil. Al lado de todos los otros, que eran de último modelo y lujosos, el suyo era definitivamente el pariente pobre. Ya eran las ocho de la noche, y la fiesta había comenzado. Los jardines estaban atiborrados de mesas, pérgolas, toldos y luces. La orquesta tronaba por los altoparlantes, impidiendo que la gente pudiera hablar. Todos habían tomado sus sitios en las mesas, porque iba a servirse cena. Mientras esa hora llegaba, habían colocado botellas de diversos "whiskies", y cantidad de pequeños platillos con bocadillos y pasapalos para acompañar las bebidas y hacerlas más llevaderas. Josefina y Luis se desplazaron por los jardines hasta que encontraron a Amelia. Estaba sentada con otras dos personas, a quienes no conocían. Cuando los vio venir hizo un gesto invitándolos a sentarse con ella. Les presentó a los que la acompañaban, que eran amigos de Félix y Angélica. La música apenas dejaba entender lo que se conversaba. Josefina se dio por vencida y decidió callar. Al otro extremo del jardín se encontraba la orquesta y, a su lado, una pista de baile donde varias parejas saltaban a sus anchas.

-¿Ya felicitaron a Arturo y a Leonor? -preguntó Amelia a gritos.

-No, no los hemos visto.

-Pues, vayan. Están de aquel lado, creo que cerca de aquella pérgola roja.

Josefina y Luis se levantaron y se dirigieron a donde se encontraban los recién casados, pero no fue posible acercárseles. Un nutrido grupo de personas vociferantes rodeaban a Arturo y Leonor, todos riendo y gritando, sin importarles si entendían o no lo que se decía. Josefina y Luis decidieron que aquello era demasiado para ellos y regresaron a la mesa donde estaba Amelia.

-No pudimos ni acercarnos a ellos -dijo Josefina en tono de excusa.

Amelia se encogió de hombros y no dijo nada. En ese momento, apareció Félix, sonriente y alegre.

-¿La fiesta está que zumba, no?-dijo - ¿Vas a bailar, Josefina?

-¿Cómo crees? -contestó Josefina, no muy divertida.

Pero Félix deseaba bailar y, como no vio a ninguna muchacha

cerca, le pidió a su madre que bailaran. Amelia aceptó muy de buena gana. A ella siempre le había gustado bailar y, como en esos momentos la orquesta tocaba un bolero, no tendría que esforzarse mucho, encima de que la música lenta le parecía mucho más elegante. Amelia siempre había sido amiga de fiestas y de reuniones. Conocía a mucha gente y contaba entre sus amigas a las mujeres más ricas y aristocráticas de la ciudad. Vivía jugando canasta, asistiendo a reuniones o inaugurando exhibiciones de arte, aunque de esto último conocía muy poco. En cierto sentido, era la perfecta mujer de mundo: toda vanidad e ignorancia. Bailar con su hijo le parecía el colmo de la dicha, aunque no se lo hubiera confesado a él por nada del mundo. Cuando terminaron de bailar regresaron a la mesa, donde encontraron a Josefina y Luis muy aburridos y mal encarados. Nadie hablaba. La orquesta había comenzado a tocar de nuevo y, esta vez, era una pieza rápida y ruidosa. Josefina se encogió de hombros bastante fastidiada.

Hasta el momento, Ricardo no se había dejado ver. Amelia y Josefina, en su interior, se contentaban por ello. No estaría bien que de pronto viniera a estropear la fiesta para todos, aunque hasta ese momento nadie se divertía. Ricardo las había visto desde lejos y había decidido dejarlas tranquilas. Se dedicaría más bien a mejorar sus relaciones públicas. Se encontraban allí muchas personalidades de clara inteligencia y mucho dinero, con las cuales valdría la pena conversar. A pesar del estruendo de la música, se enfrascó con un industrial a discutir, casi a gritos, las buenas y malas disposiciones que el gobierno había tomado en los últimos tiempos. La cuestión de los grupos guerrilleros que habían aparecido en varios puntos del país, les interesó más que ninguna otra. Ricardo era de la opinión que la izquierda política tendría que ser sometida y arrasada si fuera necesario, para que el país pudiera progresar, y que el gobierno había hecho muy poco por someterla. El industrial no estaba enteramente de acuerdo, pensaba que el gobierno había hecho bastante, pero que la mayoría del país apoyaba y protegía a las guerrillas. Era necesario cambiar de raíz la mentalidad del país, hacerle comprender que la izquierda se equivocaba en los planteamientos esenciales y que solo un concierto de ideas podría llevar a todos a buen puerto. La concertación era la base que necesitaba el edificio nacional. Nada menos que eso podría tener éxito.

En el rincón donde se encontraban Amelia, Josefina y Félix todo era silencio. Acosados por el ruido, habían desistido de hablar y se comunicaban, si tenían algo que decirse, mediante gestos y señas. A Félix le parecía aquello muy divertido y comenzó a contar largas historias en lenguaje de mimo, aunque ni él mismo sabía si lo que decía tenía sentido o no. Se cansó al rato de eso, se levantó de pronto, y con un gran gesto de su brazo, anunció que se iba a dar una vuelta a ver a quien encontraba. No era medianoche todavía, pero ya Josefina también se sentía cansada de estar sentada allí, porque el ruido la enervaba, y anunció que se iba. No habían servido la cena todavía, pero Luis no se atrevió a disentir, a pesar de que le hubiera gustado esperar la comida, y le agradaban la música y la bebida que fluía como un río desde el pico de las botellas. En el estacionamiento, luego, a Luis le fue difícil encontrar su automóvil que parecía haberse evaporado como por arte de magia.

Inmediatamente después de que Amelia se fuera de su casa, Josefina reanudó su vida de siempre: trabajar para la iglesia y cocinar y limpiar en su hogar. Por suerte, Luis no era muy exigente y nunca se quejaba, aun cuando solo le preparara un par de huevos con tocino y una taza de café. Un buen día, sin embargo, algo vino a interrumpir su rutina. La casa de al lado, que había estado sin alquilar por un tiempo, tenía ahora un nuevo inquilino. Josefina vio cuando trajeron el mobiliario y los enseres y, de inmediato, se hizo una idea de la clase de gente que se mudaba a su lado. Le pareció que todos aquellos muebles y objetos no podían pertenecer a personas serias y respetables. Los changadores habían traído muebles laqueados en blanco y una gran cantidad de jarrones con flores artificiales de colores vivos y chillones. Nada bueno podría esperarse de gente con semejante gusto. Josefina no se equivocaba del todo.

Las casas de esa cuadra estaban todas unidas, formando un solo bloque que se extendía a todo lo largo de la calle. Tenían un patio interior que colindaba con el patio de la casa siguiente, así que cualquier ruido que se hiciera en el patio, por fuerza se escuchaba en el patio de la casa vecina. En una palabra, era imperativo que los vecinos fueran gente considerada y callada, ya que si no lo eran, había que resignarse a vivir en una permanente barahúnda.

Por unos cuantos días no se escuchó mucho desde la casa de al lado, solo el movimiento que hacían al trasladar algún mueble de una habitación a otra. Josefina, que había tomado la determinación de conocer a los vecinos, esperó algunos días, y una mañana, cerca del mediodía, fue a tocar a su puerta. Le abrió una mujer casi cuarentona, muy buenamoza, con la cara excesivamente maquillada y vestida con una bata goajira de colores fuertes y brillantes. La mujer la invitó a entrar y se sentaron en el pequeño espacio cubierto anterior al patio, donde habían puesto unos sillones estrechos forrados en tela amarilla mostaza. La señora dijo llamarse Leticia y contó algo de su historia. Tenía dos hijos: una niña de doce años y un niño de diez. Se llamaban Diana y Víctor respectivamente. No estaba casada con el hombre con quien vivía, Mario Castillo, quien era carpintero de profesión y hombre magnífico, bueno, considerado y, lo que era más importante, un buen padre para los niños, que no eran hijos suyos sino de otro hombre. El único defecto de Mario era que le gustaba mucho la bebida y, a veces, se emborrachaba completamente, perdiendo entonces su buen carácter de siempre. Pero ella estaba dispuesta a soportar sus berrinches porque, por otro lado, congeniaba muy bien con él en casi todo, y puso por ejemplo que a los dos le gustaban mucho las fiestas y reunirse con los amigos, aunque solo fuera para conversar. Leticia también le contó historias del resto de su familia y de algunos de sus amigos. Todo lo que decía sonaba natural y bien intencionado. Josefina se maravilló interiormente de que Leticia fuera tan franca sobre los detalles íntimos de su vida y los de su familia, pero tuvo que confesarse que, al menos, aquello era una indudable señal de honestidad.

Escuchó con atención, no le contó nada de su propia vida y, después de un buen rato, se levantó y despidió muy encantada de aquel primer encuentro.

Pasaron dos semanas, y las relaciones con Leticia se hicieron muy cordiales. Se encontraban en ocasiones en el mercado y se detenían para conversar sobre asuntos de ningún interés. Josefina se formó la opinión de que Leticia era una mujer de mucho encanto y alegría, incapaz de matar una mosca. Esta opinión no duró mucho tiempo. Un sábado por la noche Leticia tuvo una fiesta, y el encanto se rompió en pedazos. El ruido de la música y la gritería de los invitados fue insoportable. Por el patio abierto a los cielos, entraba una algarabía que rompía los oídos. Josefina los tenía muy delicados y esa noche no pudo irse a dormir hasta que se fue el último invitado en la casa de al lado, a eso de las tres de la mañana. Luis la convenció de irse a sentar al patio con él y, por lo menos, gozar de la música que estremecía la casa hasta los cimientos, pero aquello no era más que una tortura fabricada por demonios. Luis, sentado en su silla, danzaba con sus pies al ritmo de las guarachas, mientras Josefina se consumía de rabia. Al otro día, se levantó tarde y se sentía muy cansada. Pensó en ir a ver a Leticia para quejarse del estruendo de la noche anterior, pero decidió darle otra oportunidad. Si aquello se repetía, entonces sí, iba a ir a quejársele muy en serio. No tuvo que esperar mucho.

Dos semanas después, Leticia organizó otra fiesta. De nuevo se dejaron oír los mismos gritos y la misma música estridente y golpeada. Josefina estaba enfurecida. Sentía un rencor profundo hacia Leticia por haberle fallado en aquella forma. Ella la consideraba como una persona decente y amiga, pero ahora tendría que evaluarla desde otro ángulo, considerarla desde otra perspectiva. Fue a verla a media mañana. Leticia abrió la puerta con cara de trasnocho y vestida con una bata de casa que no se sabía si era china o japonesa. Con voz cansada le preguntó a Josefina qué deseaba a esas tempranas horas.

-Vengo a quejarme por el zaperoco de anoche -dijo Josefina sin entrar en preámbulos.

-Ah, ¿y qué quieres que haga? Nos gustan las fiestas y a nuestros amigos también. -contestó Leticia en tono displicente.

-Esa es una respuesta grosera. -replicó Josefina, a punto de perder la calma.

-Estoy trasnochada, casi no veo del cansancio, no deseo discutir con nadie en este momento, ven más tarde y te atenderé. -dijo Leticia, tratando de cerrar la puerta.

-Lo que tengo que decir se puede decir en dos platos -atajó Josefina, ya de muy mal humor- Si vuelven a poner otra fiesta como la de anoche, como no sea una oportunidad muy especial, voy a ir directo a la policía para que le ponga coto a este desorden.

-Por Dios -replico Leticia- no creerás que esa amenaza puede asustarme. Además, la policía no hará nada porque yo tengo muy buenos contactos dentro del comando. "Ciao".

Y Leticia trancó la puerta, dejando a Josefina encendida de furia. Desde ese momento no le habló más a la "señora de las batas", como comenzó a llamarla para hacer escarnio de ella. Si la veía en la calle o en el mercado, la ignoraba por completo. Creía que así castigaba su insolencia.

Las fiestas, como era de esperarse, continuaron regularmente. Leticia y Mario agasajaban a sus amigos casi cada quince días. Siempre los saraos eran estruendosos y largos. Josefina hubiera ido a la policía, pero Luis la atajaba siempre con muchas consideraciones de peso, entre las cuales sobresalía la incertidumbre de que Leticia tuviera, como lo había dicho, amigos en el comando policial.

-Si eso es cierto -le decía- no te van a hacer ningún caso. Tú sabes cómo son esas cosas en este país. Si tienes palanca no hay quien te ataje. Si el jefe de la policía, por ejemplo, es su amigo, nadie se atreverá a mover un dedo para parar las fiestas y tú habrás hecho el ridículo.

Para colmar la paciencia de Josefina, otro asunto en la casa de al lado vino a turbar su tranquilidad. Los vagidos de un bebé comenzaron a oírse a cada momento. Se oían claramente en el patio, y Josefina no comprendía cómo era aquello posible, a menos que alguna persona extraña con un bebé hubiera venido a quedarse. El llanto del niño no la molestaba demasiado, pero en ocasiones berreaba con fuerza, probablemente pidiendo su alimento, lo cual resultaba enervante. Decidió investigar lo que estaba sucediendo y fue a conversar con algunas vecinas. Lo que le dijeron resultó mucho más interesante que sus imaginaciones.

La historia era casi fantástica. Resultaba ser que, unas casas más abajo, vivían dos bailarines de danza moderna que hacían vida marital y compartían la responsabilidad de manejar una escuela de danza. Habían conseguido que una escuela primaria, situada en un barrio al pie de una colina de ranchos, les concediera utilizar su pequeño teatro para las clases de danza. Tenían una decena de alumnos y, dos noches a la semana, se reunían en el pequeño teatro para danzar. Una noche, terminada la clase, Virginia y Daniel se dirigieron por las calles semioscuras del barrio hacia la avenida principal para tomar su autobús y regresar a casa. En una calle oscura y desierta escucharon, de pronto, el llanto de un bebé. Se detuvieron y dieron un vistazo a su alrededor. En la oscuridad, adosado a la puerta de una casa, había un envoltorio. Se acercaron, levantaron el paquete y vieron que, allí envuelto, había un bebé muy pequeño que lloraba probablemente de hambre. Pensando que, tal vez, pertenecía a la casa frente a la cual lo habían encontrado, tocaron a la puerta. Un hombre mal encarado y en camiseta abrió la puerta.

-¿Qué quieren?- preguntó de mala gana.

-Hemos encontrado este bebé aquí en su puerta- explicó Virginia- ¿Es acaso suyo?

-¿Mío?, esto sí que está bueno. ¿Cómo va a ser mío? Váyanse o voy a llamar a la policía. ¡Qué sinvergüenzas!

El hombre cerró la puerta de un solo tirón y Virginia se quedó con el niño en los brazos sin saber qué hacer. Daniel reaccionó ante la situación.

-Ven, vamos a llevarlo a la jefatura de la policía, allá sabrán qué hacer con el niño.

Se dirigieron a la jefatura que, por suerte, no quedaba muy lejos. Allí les esperaba otra sorpresa. Los policías que estaban de turno no quisieron saber nada del niño.

-¿Cómo podemos saber que el niño no es de ustedes? -dijo uno de ellos- y lo que quieren es deshacerse de él. Además, es muy tarde ya para hacer ninguna clase de diligencia. El Consejo del Niño está cerrado a estas horas. No, no, mejor se llevan a su niño y aquí no ha pasado nada.

Virginia y Daniel salieron del sitio con ánimo de arremeter contra alguien, pero el llanto del niño vino a recordarles que seguramente estaba muy hambriento y tenían que hacer algo por él, así que se fueron a casa. Con ellos vivía una vieja tía de Virginia que se había quedado sola en el mundo, y como no tenía para dónde ir, le había pedido refugio a la bailarina, quien no pudo negarse, encima de que le venía muy bien tener a una persona en la casa que le hiciera los oficios y cocinara, cuestiones que eran completamente desagradables a su temperamento de artista. Magdalena recibió al niño con grandes demostraciones de alegría. Nada la contentaba más que un recién nacido. Como no tenían biberón en la casa, y ya era muy tarde en la noche para ir a buscar uno, la tía tuvo que ingeniárselas para alimentar al bebé. Lo hizo con una cucharilla muy pequeña, dándole poco a poco sorbos de leche hervida.

Virginia y Daniel, mientras tanto, discutían qué iban a hacer con el infante. No deseaban quedarse con él. La profesión de bailarín no se conciliaba muy bien con la profesión de ser madre o padre, que si a ver vamos, también son profesiones. A pesar de que Magdalena protestaba que ella se encargaría de todo lo que se relacionara con el niño, los bailarines se negaban siquiera a considerarlo. No había puesto en la casa para un niño, y si se quedaba, nadie podría dormir por las noches, la vida giraría alrededor de él, y el orden establecido se rompería en pedazos. No, tendrían que conseguir a alguna otra persona que se hiciera cargo de él. Decidieron comenzar a buscar al día siguiente temprano, sin demora y con prisa. Magdalena, compungida ya no se atrevió a decir más y se fue a improvisar una cuna para el bebé que, ya satisfecho, se había tranquilizado y dormía.

Al día siguiente, Virginia comenzó a indagar en el vecindario para ver si encontraba a alguien interesado en quedarse con el bebé. Fue una suerte que se topara con Leticia en la calle. Conversó con ella, le contó su problema, y Leticia, a quien los recién nacidos enloquecían, quiso ver al bebé. Cuando Virginia se lo mostró, tuvo que desenrollarlo de una cobija enorme que Magdalena había conseguido para arroparlo. Apenas le puso los ojos encima, Leticia quedó prendida de aquella criatura tan pequeña y escuálida.

-Pobre, -dijo- seguro que ha pasado mucha hambre.

-Por suerte, -contestó Virginia- no tiene muchos días de nacido.

-Sí, por suerte - Leticia tomó una súbita decisión y añadió- Trato hecho, me llevo al bebé, si te parece bien.

-Cómo no me va a parecer - dijo Virginia aliviada- Es todo tuyo. Tendrás que registrarlo y a lo mejor te harán preguntas difíciles. Prepárate bien para eso.

-No te preocupes, -aseguró Leticia- un tío mío es comisario de policía, él me ayudará a hacer todas las cosas bien.

-Ah, qué bueno.

Así fue como Leticia tuvo de pronto otro hijo sin necesidad de embarazo alguno. A Mario no le pareció muy bien que trajera a la casa un niño que no tenía nada que ver con ellos, pero tuvo que resignarse porque Leticia estaba muy entusiasmada con su nueva adquisición. Mario le había dicho:

-Tú crees que tener otro niño es como comprarse un vestido nuevo. Ya te olvidaste de todo el trabajo que dan.

Leticia no hizo caso alguno y se dedicó por entero a atender al nuevo miembro de su familia. En pocos días, ayudada por su tío, pudo legalizar la situación del niño. Lo registró con el nombre de Miguel Castillo, porque así le daba un hijo a Mario y, según ella, su unión marital con él sería más fuerte. La llegada del niño no afectó para nada el calendario de las fiestas. Casi regularmente, cada dos o tres semanas, la casa se alborotaba con la música y los gritos aguardentosos de los invitados. El recién nacido lloraba con desesperación al principio, y se le oía por encima de la música, pero pareció adaptarse después de la segunda fiesta, y el ruido ya no lo despertaba y dormía como un bendito. La persona que continuaba sufriendo era Josefina. Sus oídos se hacían cada día más sensibles y las fiestas la hacían sufrir en extremo. Decidió hacer algo drástico. Ahora podría utilizar la presencia del nuevo bebé para atacar a Leticia. No estaba bien que expusieran a un recién nacido a toda aquella saturnal feroz cada dos semanas.

Fue al Consejo del Niño a poner la queja. Una institución como aquella saldría a defender los derechos del pequeño e indefenso Miguel. Pero muy pronto se dio cuenta de que perdía su tiempo. En el Consejo, cualquier posible acción se enterraba debajo de una inmensa montana de papeles. La burocracia reinaba en todo y para todo. Josefina no podía hacer otra cosa que actuar por sí sola y -se dijo- que después de todo ella no era pusilánime y que sabría defender sus derechos a como diera lugar. Una noche la fiesta fue particularmente ruidosa.

Encima de la música, se escuchaba a Leticia argumentando con Mario de manera violenta. Aquello era ya el colmo y Josefina se hizo el propósito de ir a la mañana siguiente a vérselas con la mujer y arreglar el asunto de una vez por todas.

Al otro día, muy temprano, se escucharon los gritos de Mario y Leticia que se habían enzarzado en otra discusión violenta. Josefina los oyó desde su patio y, aunque no se entendía mucho lo que gritaban, se dio cuenta de que aquella trifulca era muy seria. De pronto se hizo el silencio. Y eso aún fue peor, porque no presagiaba nada bueno.

-¿Oyes?- le preguntó Josefina a Luis.

-Yo no oigo nada. Ya se callaron -contestó el hombre tranquilamente.

-Pues, eso es peor que la trifulca -observó Josefina preocupada.

Tomando una resolución repentina, Josefina salió de su casa y fue a tocar a la puerta de al lado. Como tardaban en abrirle, tocó repetidas veces con más fuerza. La puerta se abrió al fin y apareció Leticia. Su aspecto, de primera impresión, fue terrible. Su ropa y sus manos estaban cubiertas de sangre.

-¿Qué pasó, qué has hecho?- gritó Josefina al verla.

-Creo que lo maté -dijo Leticia en un susurro.

Josefina la apartó a un lado, cruzó el patio y entró al comedor. Allí yacía Mario en el suelo, al lado de la mesa todavía cubierta con restos de comida y botellas, en un pozo de sangre.

-¡Dios!-clamó Josefina- ¿Qué ha pasado aquí?

Leticia no respondió de inmediato y cuando lo hizo su voz era apenas un susurro.

-Lo maté con eso -dijo mostrando un cuchillo que estaba tirado un poco más allá del cuerpo de Mario.

-Pero, ¿por qué? -preguntó Josefina consternada.

-Le pegó a la niña, eso no podía permitírselo. No ha debido pegarle a la niña.

La borrachera de anoche lo tenía de mal humor y la niña no le hizo caso cuando le pidió que le trajera no sé qué cosa...comenzó a darle golpes y más golpes...Eso no podía permitírselo...

Josefina se dio cuenta de que no había visto a los niños. Quiso saber dónde estaban.

-¿Y los niños? ¿Dónde están los niños? - preguntó alarmada.

-Los metí en el cuarto de Diana. -Leticia volvía de su shock, recuperando la calma- Voy a prepararlos, mi mamá viene a buscarlos.

-Pero ¿cómo? -preguntó Josefina alarmada- ¿Ya tu mamá sabe lo que ha sucedido?

-Sí, le telefoneé hace un momento. No debe tardar. Ella se encargará de ellos. Ayúdame, por favor, a hacer lo que tengo que hacer. Primero, vamos a preparar los niños. -dijo Leticia ya en tono normal.

Fueron al cuarto de Diana y encontraron a los dos niños ya vestidos para salir, enmudecidos y temblando por lo que acababa de suceder. Preparaban, con manos nerviosas, una pequeña maleta con alguna ropa. Leticia les dijo que mejor salieran de la casa y esperaran a la abuela en la puerta. Por suerte, el cuarto de Diana comunicaba directamente con el patio y, por lo tanto, no tenían que pasar por el comedor. Al llegar a la puerta, Leticia abrazó y besó a Víctor y Diana en silencio y los empujó suavemente hacia la calle. Una vez que los niños salieron, Leticia se volvió a Josefina.

-Bueno, todavía tengo otro asunto que atender, -dijo Leticia- tendré que devolverle el bebé a Virginia.

-¿Y tú crees que ella lo recibirá de vuelta? -indagó Josefina.

-Tendrá que aceptarlo, no puedo llevármelo a la cárcel -ripostó Leticia muy segura de sí. - Hazme el favor de llevárselo tú, todavía tengo que llamar a la policía.

Leticia fue a buscar al niño. Regresó con él casi de inmediato, pero esos cortos instantes le parecieron siglos a Josefina. Desde donde estaba podía ver el cuerpo de Mario tirado en el suelo, inmóvil y siniestro. Leticia trajo al niño dentro de una canasta que le servía de cuna y, con gesto rígido, lo puso en manos de su vecina. Josefina bajó los ojos para ver al bebé, dormía con la mayor placidez. Se notaba a primera vista que no lo habían alimentado muy bien en sus primeros días, era menudo y paliducho. Josefina se dispuso a irse con el niño, pero se devolvió con una determinación que había tomado en un segundo.

-¿Crees que yo me podría quedar con él?- inquirió, no sin cierta ansiedad.

-¿Te vas a hacer cargo de un niño a estas alturas?- preguntó de vuelta Leticia-

No es cosa fácil lidiar con un niño.

-No estoy tan vieja, si lo dices por eso. -respondió Josefina- Yo, es decir, Luis y yo siempre hemos querido tener un hijo.

-Bueno, si es así, quédate con él. El niño está registrado como hijo mío y de Mario, y el apellido es Castillo.

-¿Y el nombre del niño?- preguntó Josefina.

-¿Ah, no lo sabes? Es Miguel, Miguel Castillo. No tendrás ningún problema con la cuestión legal, nadie va a reclamarlo. Le diré a mi mamá que te lo he dado y quedará contenta. Ya ella tiene suficiente con los dos hijos que le dejo. Ah, algo que estás obligada a hacer es hablar con Virginia y explicarle lo que ha pasado.

-Y tú crees que ella no querrá al niño de vuelta. - dijo Josefina temerosa.

-En absoluto. Estaba loca por encontrar a quien dárselo.

-Ah, bueno. - dijo Josefina- Gracias por el niño. Admiro tu valor. Iré a verte de vez en cuando, te lo prometo.

-Vete ahora, tengo que llamar a la policía y no estaría bien que te encontraran aquí.

Josefina asintió con un gesto de cabeza y se fue con el niño. Más tarde, cuando la policía atendió al llamado de Leticia y vinieron a buscarla, Josefina vio, desde su puerta, cuando se la llevaron en un carro patrulla. Durante todo el día estuvieron entrando y saliendo los policías de las diferentes secciones, hasta que, por último, una ambulancia vino a buscar el cuerpo de Mario. Con él se fueron las fiestas y los jolgorios. Josefina tuvo por fin, desde ese día, la tranquilidad que tanto anhelara. Como persona de integridad ,cumplió su promesa de visitar a Leticia y, por mucho tiempo y de vez en cuando, fue a la cárcel para verla.

Cuando Luis regresó a casa esa tarde, encontró que tenía un hijo, nacido como por obra y gracia de la nada. Al enterarse de lo que había sucedido se mostró asombrado del hecho sangriento y preocupado por la paternidad que se le concedía sin haberla pedido.

-¿Y tú crees que este arreglo estará bien siempre?-preguntaba una y otra vez.

-Cómo no va a estar bien -respondía Josefina- Leticia me dio el niño, que es hijo legal de ella. Nadie puede cambiar eso, como no sea Leticia. Mañana hablaré con Virginia, solamente para ser amable, porque ella fue quien le dio el niño a Leticia, pero lo cierto es que ya no tiene ningún derecho a esperar nada de nada. Así que no te preocupes, todo estará bien.

Josefina fue a ver a Virginia para contarle todo lo que había pasado. Ella ya sabía más de la mitad de lo ocurrido, ya que en esa cuadra las noticias volaban como papagayos, y todo se sabía casi de inmediato. A Virginia le pareció bien el arreglo, dijo que Josefina sería una buena madre para Miguel, ya que ella no podía serlo. Las personas dedicadas a un trabajo artístico no estaban hechas a la medida de la maternidad. Josefina comprendió muy bien sus razones y aprobó todo lo que dijo Virginia, no deseaba contrariarla en lo más mínimo. A ella nunca le habían gustado los artistas, los consideraba como gente voluble y de poco fiar en los asuntos serios de la vida.

Vivían en un mundo artificial, lleno de musarañas y de máscaras que ocultaban lo que realmente sucedía bajo la superficie. No había más que ver el aspecto de la bailarina. Su holgado vestido trataba de ocultar la delgadez casi cadavérica de su cuerpo. Su maquillaje era un portento de gran precisión, resaltando los ojos que eran muy pequeñitos y los pómulos que no eran muy prominentes. Las cejas, dibujadas totalmente con el lápiz, hacían un arco perfecto sobre los ojos. La expresión de su cara era -pensó Josefina- un tanto ladina, como de animal felino, subrayada por una nariz corta y levantada. Llevaba el pelo, que era largo y sedoso, atado en cola de caballo, lo cual le pareció a Josefina muy poco apropiado para bailar, acostumbrada como estaba a ver fotos de bailarinas de ballet con sus moños cortos. En resumen, Josefina se dijo que ella no confiaría mucho en una persona como Virginia, pero decidió mostrarse por los momentos, amable, comprensiva e interesada en su vida. No deseaba complicar la situación relativa a Miguel que, en su opinión, todavía se presentaba frágil.

Josefina era una de esas personas que, por lo regular, estimulaba en los otros el deseo de contar los pormenores de su vida. De buenas a primeras, todos terminaban por contarle su historia apenas la conocían. Virginia no escapó a esa regla y, en detallada narración, le contó a Josefina todo lo relativo a su vida de artista.

Virginia y Daniel se habían conocido casi inmediatamente después de que él regresara de Norteamérica, donde había ido a estudiar danza moderna con profesores de gran relieve como José Limón. Regresó sin un centavo en el bolsillo, pero con muchos proyectos y ambiciones. Comenzaron a vivir juntos unos seis meses después de conocerse. Un año después, se instalaron en la casa donde vivían ahora, a donde vino a unírseles Magdalena, su tía, quien no tenía a nadie más en el mundo. Virginia era una apasionada fanática de las artes y de la política. Era poco lo que podía hacer en política, porque no tenía la preparación adecuada, y nunca había tenido la oportunidad de hacer nada en beneficio de las artes. Así que, cuando conoció a Daniel, una gran puerta se abrió ante ella para entrar a la emocionante disciplina de la danza. Se lanzó con todo su ímpetu a la nueva aventura.

Para empezar, convenció a Daniel para establecer una escuela de danza en la cual él sería director y coreógrafo. Ella aprendería a bailar y lo ayudaría en todo. Tendrían que conseguir una subvención de alguna parte y, para lograr eso, su contribución sería principalísima, Virginia estaba muy bien conectada con varios altos funcionarios del gobierno y no dudaba que, a través de alguno de ellos, conseguiría dinero para mantener una escuela de danza. Se lanzó, pues, a la ofensiva y se dedicó a visitar a todos los funcionarios que conocía. Interesó a algunos, aburrió a otros, y enervó a otros tantos.

Por fin, consiguió, no una subvención sino tres, que eran exiguas, pero entre todas sumaban una cantidad suficiente para mantener una escuela, eso en el caso de que encontraran a alguna institución que les concediera usar un salón, un pequeño teatro, o alguna instalación, en forma gratuita, donde se pudiera bailar.

Encontraron ese sitio en una escuela primaria, al pie de una de las colinas de ranchos más populosas de la ciudad. La escuela funcionaba en un edificio bastante moderno, aunque ya un tanto dilapidado, ubicado al fondo de un barrio pobre. A un lado de la escuela, unos escalones de cemento trepaban por la colina, entre ranchos que se apretujaban unos contra otros como si temieran la soledad. El director de la escuela, profesor Rojas, estuvo muy amable y complacido en ayudar y les concedió el pequeño teatro que se encontraba adosado a un lado del edificio, para que dieran sus clases de danza. El teatro no era muy grande, el escenario no muy amplio, y la ubicación de la escuela no muy apropiada, pero era, sin duda, mejor que nada.

Daniel y Virginia no lo pensaron dos veces y, agradecidos, aceptaron el teatro sonrientes. Una de las condiciones impuestas por el director fue que las clases de danza tendrían que ser por las noches, puesto que resultaría una distracción muy grande para los niños ver a un grupo de bailarines en la escuela. Había un vigilante nocturno en el edificio y el director dijo que le daría instrucciones para que les facilitara la entrada por las noches o cualquier otra cosa que necesitaran, así como de estar pendiente de la seguridad personal de cada uno. En aquel barrio, el transitar de día era ya cuestión de cuidado, mucho más lo sería de noche.

Comenzaron la escuela de danza con apenas tres alumnos. Pero al segundo mes ya habían conseguido aumentar el grupo a siete. No eran muchos, pero resultaban suficientes en el estrecho escenario del teatro. Habían pasado tres años desde que comenzaran a trabajar y hasta el momento todo iba por buen camino. Todavía no tenían muchos alumnos, pero ya se veían los buenos resultados. Virginia había aprendido a bailar y, aunque no sería nunca una gran bailarina, aventajaba a todos los otros en disciplina y entusiasmo.

Virginia sabía que Josefina estaba entregada al trabajo social que desarrollaba la iglesia, y le preguntó si conocía a mucha gente. Josefina le contestó que sí, que conocía a muchos. Virginia le preguntó, entonces, si estaría dispuesta a repartir entre sus conocidos unas hojas que había mandado a imprimir para hacerle publicidad a la escuela. Josefina dijo que no tendría ningún inconveniente.

-No tengo todavía las hojas -explicó Virginia- Pero las tendré mañana. ¿Por qué no nos encontramos en alguna parte y tomamos café o alguna otra cosa?, te entregaré las hojas entonces.

Quedaron en verse dos días después y Josefina, muy feliz con los resultados de aquella entrevista, se marchó a su casa a atender a Miguel y a esperar a Luis para contarle todo. Virginia, por su lado, se quedó pensando que había sido una suerte que Josefina estuviera dispuesta a quedarse con el niño porque, de otra manera, no hubiera tenido el problema resuelto.

En ese momento de mis imaginaciones, vi venir por la calle una mujer con un pequeño paquete de hojas en las manos. Su persona llamó mi atención, especialmente porque se parecía mucho a la Virginia de mi fabricación. Era menuda, nerviosa y su pelo flotaba al menor movimiento detrás de su nuca, atado en cola de caballo.

Como anteriormente Ricardo, ella también parecía buscar a alguien. Se detuvo delante del café donde se encontraba Josefina y, al verla, entró y fue a sentarse a su mesa. Las dos mujeres se trabaron en una viva conversación. La recién llegada le mostraba a Josefina las hojas de papel que había traído. Cuando vi eso, ya no podía abrigar la menor duda: esa mujer era Virginia que asistía a la cita para darle a Josefina los volantes sobre la escuela, para repartir entre sus amigos. Yo las veía conversar y, estimulado, continué el curso de mi historia.

Virginia y Daniel hacían una buena pareja, ella era activa, de personalidad eléctrica y un tanto voluble, él en cambio, era como una roca, inamovible, seguro y disciplinado. Daniel había aprendido bien la disciplina de la danza y se la transmitía a los demás con todo el rigor que era necesario. No aceptaba las medias tintas, había que poner el máximo esfuerzo en todo lo que se hacía. Era intransigente en cuanto al valor estético de la danza moderna, sobre todo si se la comparaba con otras disciplinas. Odiaba al ballet por considerarlo demasiado mecánico, basado en tecnicismos sin expresión ni alma. En cambio, según él, la danza moderna ofrecía ilimitadas posibilidades para lograr la unión perfecta del movimiento y la expresión anímica. Sus alumnos, después de la clase de danza, se quedaban a conversar con él y escuchaban sus peroratas con gran atención, en las cuales siempre aparecían Nureyev disminuido y Martha Graham ensalzada.

Los alumnos de Daniel, en cuanto a origen y clase, eran muy diferentes. Allí estaba Saúl, un muchacho mulato que trabajaba de mensajero motorizado, y era tan ingenuo como musculoso. Se le podía engañar con gran facilidad, y los demás alumnos, en ocasiones, se divertían a su costa. Otro alumno, Mariano, era oficinista en una empresa que fabricaba utensilios de plástico. Como era delgado, de buena estatura siempre se veía bien sobre el escenario. Daniel siempre lo ponía como ejemplo porque, además, era muy disciplinado, serio y no se arredraba cuando le tocaba hacer movimientos arriesgados. Otro de los muchachos, Elías, era muy amanerado. A nadie le importaba que lo fuera, y a él tampoco le hubiera importado que se lo censurasen. Poseía un carácter muy alegre, mucho sentido del humor y gran desparpajo. Era muy aficionado al cine y conocía a todas las estrellas de Hollywood. Cuando se trataba de estrellas femeninas, decía que prefería a las que tenían un aire masculino.

-¿Cómo es eso? -preguntaban curiosos los otros alumnos.

Él respondía que algunas estrellas tienen gestos, ciertas maneras que parecen ser masculinas. Por ejemplo, decía, los gestos, la manera cómo se plantan Joan Crawford o Bette Davis, firmes en sus pies cuando las antagonizan, las hacen parecer muy masculinas. Greta Garbo tenía mucho de masculino, así como Rosalind Russell o Barbara Stanwyck. No se podría decir lo mismo de Doris Day o de Marilyn Monroe, que son femeninas en toda la extensión de la palabra. Ese tipo de estrellas no le gustaba nada.

-¿Y los hombres? -preguntó Saúl- ¿Qué dices de los hombres estrellas de cine?

-Ah, no, de los hombres no se puede hablar. Mejor es no meterse en esas profundidades. -respondía muy seriamente Elías.

Todos se reían de estas salidas y celebraban sus tonterías. El último de los bailarines era Manuel, un joven de carácter reservado, muy dado a la meditación y que hablaba siempre con frases cortas y precisas. Era asistente en una relojería, donde se vendían toda clase de relojes, profesión que parecía estar hecha especialmente para él. Bailando era preciso, coordinado y expresivo, por lo cual Daniel lo tenía en mucho aprecio y, a cada momento, como hacía con Mariano, lo ponía como ejemplo a los otros del grupo. Las tres alumnas femeninas eran también muy apreciadas. Poniendo a un lado a Virginia, quien como codirectora de la escuela tenía un sitio especial, las muchachas se destacaban por su buena disposición para aprender y asimilar toda la enseñanza que Daniel era capaz de darles.

Sofía, Nancy y Betina trabajaban todas en la compañía de teléfonos y se habían presentado las tres, el mismo día y a la misma hora, a pedir su inscripción en la escuela. Como eran amigas desde hacía tiempo, las tres se congregaban durante las clases, cada vez que podían, para intercambiar impresiones y hablar maliciosamente de los hombres. Betina, quien era la más bonita y, tal vez, también la más casquivana, le tenía puesto el ojo a Mariano, a quien encontraba parecido a Gregory Peck, aunque tal vez de menos estatura. El preferido de todas ellas, sin embargo, era Elías, por ser tan divertido y tan caradura, y a quien no le importaba cantarle las verdades en su cara a nadie. Entre ellas, lo llamaban "la llamita", por su carácter inquieto e inestable. Formaba parte del grupo también, una recién llegada de nombre América Rodríguez, una muchacha vestida a lo "hippie", muy amable y serena en apariencia pero que, de alguna manera, traslucía también energía y firmeza. Daniel se dio cuenta de ello de inmediato y, desde el principio, la trató con mucha deferencia.

El primer día de América en la escuela fue duro y desalentador. Daniel ejercitaba a sus alumnos con una serie de movimientos de difícil ejecución, y América tuvo mucha dificultad con eso, aunque trató de seguir a los demás esforzándose por imitarlos. Daniel tomó nota del esfuerzo que había hecho la muchacha y se dijo que, de allí en adelante, dirigiría con mucha atención su aprendizaje. América quedó, sin embargo, muy desalentada. Aquello no parecía ser para ella. Cambió de opinión, no obstante, unos minutos después de finalizada la clase. Mariano, quien había estado observándola, vino a decirle que lo había hecho muy bien, que muy pocas personas se desempeñan tan bien en una primera clase y que, no cabía duda de que ella estaría pronto bailando tan bien como cualquiera otro del grupo. Todo esto reconfortó mucho a la muchacha y, ya más tranquila, le agradeció su interés a Mariano.

-¿Tienes tu automóvil por acá cerca?- preguntó el muchacho.

-No, no tengo carro. - contestó América.

-¿Y con quién te irás al salir de aquí? No te puedes ir sola.

-¿Qué quieres decir?- inquirió América, un tanto alarmada.

-Es peligroso caminar por estos lados. Por lo general, nosotros nos vamos todos juntos o en grupos de tres. Aquí ninguno tiene automóvil y, si lo tuviere, sería peligroso traerlo hasta acá.

-Ah, yo no sabía.

-Imagino que irás a la avenida a tomar tu autobús. Yo también voy para allá, así que podemos ir juntos, si te parece.

-Sí, naturalmente. Iré contigo. Gracias por tu interés.

Desde ese día, Mariano y América, después de la clase, iban juntos hasta la avenida a tomar su autobús. Por el camino, conversaban de cualquier tema que viniera en mente. Sin proponérselo, casi sin darse cuenta, se fueron aficionando el uno al otro; un vínculo intangible, pero no por eso menos fuerte, vino a unirlos en emoción y pensamiento. Las calles que tenían que atravesar eran lóbregas y solitarias, como hechas a propósito para las confidencias. De alguna manera había que espantar el temor que inspiraban.

La primera noche, Mariano quiso saber cómo América había encontrado la escuela.

-¿Cómo fue que se te ocurrió venir a inscribirte en la escuela de danza?- preguntó Mariano intrigado.

-Alguien me contó que era algo nuevo aquí y que, por eso mismo, sería una experiencia emocionante. Vine a investigar y Daniel se empeñó en que me quedara. -contestó América, risueña- Él es muy persuasivo e insistente, no pude negarme.

-¿Fue así de fácil?

-Sí, aunque también tuve algunas razones personales...

-¡Ah!.

Unos días después ya habían llegado a confiarse ciertos capítulos de sus vidas. América parecía necesitar comunicarle a alguien algunas de sus preocupaciones. La muchacha, -descubrió Mariano-había tenido que enfrentar muchos problemas en un período relativamente corto. Vivía con un muchacho que era drogadicto y que pasaba los días en un sopor de sueño.

-¿Y por qué no lo dejas? -quiso saber Mariano, muy intrigado.

-No, no podría abandonarlo. Ahora es cuando Rody más me necesita. -contestó América con firmeza- Además, todavía lo quiero demasiado.

América no había podido convencer a Rody de abandonar las drogas. El muchacho pasaba gran parte del tiempo acostado en la cama, en un extraño y semiconsciente estado. Nadie había podido hacer nada por él. Sus más allegados amigos, Antonio y Roberto, se habían cansado ya y abandonado sus esfuerzos por ayudarlo. América tenía que trabajar para obtener algún dinero que les permitiera comer y quedarse en el cuarto donde vivían. Su único refugio había sido, hasta ahora, su amistad con Elsa, una vecina joven que tenía una hijita y con quien había hecho muy buenas migas.

Por las noches, América iba a visitarla y jugaba con Maruja, la niña, si estaba despierta, o conversaba con Elsa sobre asuntos de ninguna importancia pero que, en su presente condición, servían para distraerla de los problemas que tenía que enfrentar durante el día. Algo había venido a aliviar sus preocupaciones. Félix, su hermano, quien se había mantenido alejado por un tiempo, había venido a verla. Al conocer la situación en que se hallaba, decidió ayudarla económicamente aun más de lo que ya hacía, con lo cual

América tuvo un gran respiro y pudo dedicar más tiempo a cuidar de Rody y trabajar menos para ganar dinero. Félix también le contó, como siempre era su costumbre, todo lo que acontecía en la vida de su familia, lo cual también significaba mucho para ella. Su familia no quería nada con ella, pero ella lamentaba en su interior no poder verlos.

En ese momento, un joven bien vestido vino a sentarse con los "hippies". América se trabó en animada conversación con él, pero Rody se mantuvo callado y distante, como había estado toda la tarde. El joven no podía ser otro que Félix. Me asombré de que no tuviera reparos en sentarse junto a Rody, conociendo los antecedentes de su historia. Estaba visto, pensé, que había decidido reconciliarse con la idea de que América estuviera viviendo con aquel muchacho, tan diferente en todo a lo que la familia Rodríguez era y representaba. Los dos hermanos continuaron su diálogo que, desde donde yo estaba, parecía más animado a cada momento. De pronto, América se levantó y con un ademán de la mano le indicó a Rody que ya era hora de irse. Los dos le dijeron adiós al joven y se fueron caminando lentamente calle abajo. El recién llegado se quedó en la mesa y, cuando un mesonero apareció, pidió alguna cosa para beber con gesto que me pareció autoritario. Luego, se dedicó a escudriñar a los paseantes. Su vista se detuvo un momento en Josefina y Virginia, a quienes todavía podía verse conversando detrás de la ventana vidriera del café, pero no tuvo reacción alguna al verlas. Pensé que tal vez no deseaba darse por enterado de la presencia de su tía, por quien seguramente no sentía afecto alguno.

Félix no había dejado de ver a América y, con cierta frecuencia, le daba dinero para ayudarla a vivir con cierta holgura en aquel barrio pobre donde se encontraba como enterrada. También le servía como fuente de información en todo lo que se relacionaba con el resto de la familia. Por él, América estaba informada de la vida de su padre, vida que se había desviado de su curso normal para tomar un camino imprevisto y torcido, aunque ella reconocía que era la última persona que podía censurarlo. Le parecía ahora que, tal vez, su fuga de la casa familiar dio comienzo a los desbarajustes que se habían producido después. Félix le contaba todo en detalle.

Ricardo Rodríguez había cumplido al pie de la letra las disposiciones que mentalmente se había dictado, desde el momento mismo en que puso a Amelia en la calle. Dejó que Angélica y Arturo se fueran de la casa y, en cuanto a Rita, la trató exactamente como lo había decidido. La muchacha continuó siendo una criada, a pesar del tremendo giro que los imprevistos sucesos habían ocasionado. Ricardo se sentía muy contento de sí mismo, viendo que todo lo que se había propuesto, la misma noche del descalabro, lo había podido realizar sin mayores esfuerzos. Rita, por su lado, no se quejaba de nada. Había esperado que su situación mejorara, no deseaba ser solamente la criada, pero cuando vio que eso no iba a ser posible se dijo, con la sagacidad natural que poseía, que era mejor ser criada apoyada, que señora de la casa en la calle. Con sabiduría ingenua, se repetía por lo bajo el viejo refrán: "al que a buen árbol se arrima, buena sombra lo cobija", y se quedaba callada.

Se adaptó, pues, a la nueva situación que, si bien se veía, no había cambiado nada de la anterior. No obstante, aunque poco, en un terreno había logrado algo. Su prestigio con los otros criados había subido algunos puntos. Todos la consideraban y la oían como si ella fuera realmente la dueña. En cuanto a Félix, Ricardo no pudo hacer nada. El muchacho continuaba en la casa haciendo de las suyas, haraganeando gran parte del tiempo y apareciendo por todos lados en los momentos menos oportunos. No encontraba forma de salir de él. No tuvo que esperar mucho, sin embargo, y lo que sucedió un poco más tarde vino a solucionar el problema y a quitarle ese peso de encima.

Félix fue siempre un muchacho que provocaba situaciones arriesgadas, y aun sin proponérselo, fabricaba enredos que no se le hubieran ocurrido a ninguna otra persona. Como lo sucedido con Rita le había parecido extremadamente desagradable y obsceno, además de causar el ostracismo de su madre y del resto de la familia, había decidido desenmascarar a la criada, haciéndola caer en una trampa que la revelara tal como él pensaba que ella era: una pequeña ramera de pueblo.

La casa de los Rodríguez era muy grande, tenía muchas habitaciones a las cuales se llegaba por largos pasillos y corredores. No era corriente encontrarse con otra persona cuando se iba de un sitio a otro. Por todos los rincones se esparcía un olor a soledad. Félix comenzó su asedio a Rita después de hacer un mapa mental de todos los movimientos que ella hacía durante el día. Se le aparecía por los pasillos, por las habitaciones, por todas partes. Cuando ella menos lo esperaba, le cortaba el paso para decirle cumplidos melosos en voz baja y sensual. Rita se retiraba en el acto, como si no hubiera oído nada, ignorando completamente su presencia. En una ocasión, Félix llegó hasta rozarle un seno cuando la muchacha le servía comida en la mesa. Rita no hizo mención de que había sentido el roce, pero él estaba seguro de que ella lo había sentido y que no le había desagradado en absoluto. Un día, cuando leía unas revistas en la sala, Rita entró para hacer la limpieza. El continuó leyendo, pero de vez en cuando levantaba los ojos para verla. De pronto, creyó ver que la muchacha le sonreía. Fue apenas un destello, pero a Félix le pareció que Rita estaba por fin cayendo en su trampa.

En los días siguientes, hizo muchos progresos. Rita ya sonreía abiertamente y, cuando lo veía venir, ya no se retiraba con premura como antes. Esto le dio valor para hablarle directamente. Una mañana la encontró en un pasillo poco alumbrado y le habló sin empacho. Ella no tuvo reparos. Intercambiaron unas cuantas palabras sin afectación, que fueron suficientes para que Félix tomara mucha confianza. A los pocos días, ya estaba muy seguro de que había roto la resistencia de Rita, y de que el asunto se presentaba muy esperanzador. Conversaban ahora sin recelos, cada vez que se encontraban en alguna parte de la casa. Por fin, un día, Félix decidió abandonar sus temores y pedir lo que había tenido en mientes desde el principio.

-¿Puedo venir a tu cuarto esta noche?-preguntó tímidamente.

-Bueno, si quieres -contestó Rita, melindrosa. - Ven a eso de las diez, a esa hora no hay nadie por ahí.

Esa noche, Félix llegó con la puntualidad de un inglés a la habitación de Rita. No tuvo que tocar, porque ella había dejado la puerta entreabierta. Entró, y allí estaba la muchacha, esperándolo vestida en su camisón de dormir. Su actitud y expresión eran provocadoras y excitantes. La muchacha -se dijo Félix- es verdaderamente un imán cargado de fuerza sexual. Se acercó a ella poco a poco, con paso deliberadamente felino, como si quisiera gozar de aquel momento tan lleno de promesas. Cuando estuvo muy cerca, Rita dio un paso atrás, perdió su compostura y comenzó a gritar y a tirar de su camisón como si quisiera romperlo. Félix se detuvo en el acto, paralizado por la sorpresa, en completo estupor.

-¿Qué haces? -casi gritó, alarmado- ¿Qué pretendes, que todos vengan?

Rita no le hizo el menor caso y continuó gritando. En un segundo, la habitación se llenó de gente, los criados todos habían venido, asustados al oír los gritos.

-¿Qué pasa aquí? -preguntó uno de ellos.

-Que el señor Félix ha entrado a mi habitación y no sé para qué ha venido- contestó llorosa Rita.

Félix encontró en sus palabras una salida para explicar la situación.

-Solo entré a preguntar si había café en la cocina, Rita se asustó sin ningún motivo.

-De todas maneras -dijo ella, dirigiéndose a los criados- Ustedes son testigos de que yo no tuve nada que hacer en esto.

-Pero, por si acaso -dijo Félix- que esto no salga de aquí, nadie tiene por qué enterarse. La gente pudiera pensar lo que no es.

Uno de los criados respondió que estaba visto que ni él ni ella eran culpables de nada. Todos aseguraron que guardarían silencio. Félix se retiró, entonces, luego de pedir disculpas por haber alarmado a la muchacha y se marchó afligido y rabioso al mismo tiempo, pensando que Rita lo había emboscado de la manera más sencilla, cuando se suponía que el que emboscaba era él. Le dolía no haberse dado cuenta de los designios de la muchacha y de haber caído en su trampa tan fácilmente.

Esa noche no pudo dormir pensando en lo que tendría que hacer la mañana siguiente. No podía quedarse en la casa y ser el hazmerreír de la criada. Determinó irse a otra parte, se iría a vivir con Amelia. Seguramente, su madre no lo rechazaría. Ella vivía en un apartamento demasiado grande para ella sola, habría suficiente espacio para él también. Habló con su padre, mientras tomaban el desayuno, y Ricardo se mostró más que satisfecho con su determinación. Incluso, le aumentó la mensualidad, para que Félix tuviera suficiente dinero para derrochar. Don Ricardo no podía creer en su buena suerte, por fin se deshacía de aquel hijo que no era bueno para nada y cuya presencia en la casa no era más que un estorbo y un escollo para gozar plenamente de una vida tranquila y placentera. Lo mejor de todo era que no había tenido que hacer nada para salir de él. Félix mismo había decidido actuar, sin presiones ni violencias de parte suya. Ricardo le dio, pues, su bendición y un fuerte apretón de mano.

-¿Y tu mamá, ya está de acuerdo con tu mudanza?- preguntó de pronto, dándose cuenta que esto era demasiado importante para dejarse en el olvido.

-No, todavía no. Pero no creo que ponga trabas, debe estar muy sola en aquel apartamento tan grande.

-Sí, tienes razón, pero habla con ella hoy mismo. No lo dejes para luego.

-No te preocupes, voy a hablarle en lo que terminemos el desayuno.

Amelia no puso obstáculos, al contrario, se mostró muy feliz de que Félix se fuera a vivir con ella. A pesar de que siempre estaba ocupada con sus juegos de canasta y bridge, y con muchas otras obligaciones sociales, se sentía sola y muy abandonada. Angélica y Arturo casi nunca venían a verla y Félix, aunque aparecía regularmente, no se quedaba mucho tiempo en sus visitas. América no existía para ella y, solo a través de Félix, tenía noticias de su vida. El muchacho visitaba a la hermana de vez en cuando y, además, le daba dinero para ayudarla un poco. Amelia pensaba que estaba bien que lo hiciera, después de todo América era parte de la familia, aunque estuviera desterrada.

Con su mudanza a casa de Amelia, Félix comenzó una nueva vida en todo respecto. No solo encontró que se sentía mucho más libre y tranquilo en aquel espacioso y moderno apartamento con vista al cerro Ávila, en el cual, una sola y vieja criada hacía todo el trabajo, sino que también, de pronto, había comenzado a examinar todos los pormenores de su vida, encontrando que, en su mayor parte, había sido una estupenda pérdida de tiempo. Determinó entonces cambiar de curso, darle un vuelco a lo que había sido hasta el momento un viaje sin destino. Sin pensarlo dos veces, para no cambiar de opinión, fue a indagar si podía inscribirse en la universidad. A él siempre le había gustado la ingeniería y pensó que esa era la profesión en la cual podría destacarse tal vez un poco, porque no abrigaba demasiadas ambiciones.

El nuevo año comenzaría en cuestión de dos meses, así que estaba justo a tiempo para tratar de inscribirse. Fue a la universidad con todos los papeles necesarios y, para su contento, lo inscribieron sin hacer mayores preguntas. Llegado el día de comenzar clases, Félix se presentó temprano y fue a esperar a la puerta del salón hasta que el profesor y los otros alumnos aparecieron. Estaba contento consigo mismo y se propuso hacer un gran esfuerzo por aprovechar de los estudios. No se reconocía a sí mismo, pero se dijo que era mejor no escrutar demasiado sus motivos, no fuera a ser que encontrara puntos que no eran tan benditos como lo parecían. Su familia se quedó pasmada con su transformación. Ricardo no podía creer que Félix estuviera hablando en serio cuando le anunció que se había inscrito en la universidad.

-¿Y tú crees que aguantarás un semestre o, al menos, un trimestre? -preguntó incrédulo.

Félix contestó riendo que pensaba aguantar todo el tiempo que fuera necesario, pero que de la universidad saldría con su título de ingeniero, pasara lo que pasara. Ricardo sonrió divertido y ligeramente burlón.

-Bueno, -dijo - si eso es lo que quieres, no te detengas por mí o por ningún otro.

Su madre fue más parca, le pareció muy bien que estudiara y que pensara en su porvenir, pero no le dedicó mucho tiempo al asunto y, en pocos minutos, comenzó a hablar de otras cosas, irrelevantes todas, mostrándose completamente ajena a lo que no fuera su vida habitual. La persona que tuvo una reacción muy seria e interesante fue América.

-¿Qué o quién te dio la idea de estudiar?-preguntó muy curiosa.

-Creo que fuiste tú. - contestó Félix sonriendo.

-¿Yo? Tú y yo nunca hemos hablado de estudios o de universidades.

-Pero, tú has hecho siempre lo que has querido hacer, has manejado tus asuntos como te ha parecido mejor. Y eso, aunque no lo creas, me dio un poco de envidia.

América sonrió incrédula y cambió el giro de la conversación. Quiso saber todos los detalles sobre la universidad, los motivos que lo habían llevado a tomar la decisión de estudiar, cómo había realizado los trámites para inscribirse, y si habían sido difíciles o no. Quiso saberlo todo.

Félix, muy complacido, le dio todos los detalles. El muchacho veía a su hermana regularmente. Por regla general, se encontraban en un café y conversaban durante un rato. Todavía Félix no sabía dónde vivía América, la muchacha se las arreglaba siempre para evitar que él tocara el punto de su casa de habitación y esto, naturalmente, acuciaba la curiosidad de su hermano. En una de sus muchas entrevistas, Félix volvió a tocar el punto. Deseaba saber dónde vivía ella con Rody. La muchacha, acosada, se lo dijo. Félix no podía creerlo.

-¿Cómo puedes vivir allí, no tienes miedo?-preguntó alarmado.

-No es tan malo como parece. Allí vive gente muy buena y, por lo general, tenemos pocos problemas.

-¿Puedo ir a ver? -inquirió Félix.

-No, no necesitas ver, confórmate con saber que todo está bien.

-¿Y Rody, qué hace?- inquirió Félix.

-Lo de siempre. Trabaja el cuero y sale por allí a vender su trabajo.

-Como nunca está contigo cuando nos encontramos, no lo conozco todavía y tengo mucha curiosidad. -explicó Félix.

-Ya lo conocerás -afirmó América, como poniendo punto final a aquella conversación.

Félix no esperó mucho para conocer a Rody, se acordó de Antonio, a quien había telefoneado cuando Rody estaba en la cárcel y se puso en comunicación con él. Le dijo que deseaba saber la dirección exacta de América, ya que tenía información importante sobre la familia que era necesario comunicarle. Antonio le dio la dirección sin hacer muchas preguntas. Félix se dirigió allá con cierta premura, ya caía la tarde y no sería conveniente estar a esas horas por aquellos andurriales. Encontró la casa de vecindad sin mucha dificultad. Detuvo el automóvil casi frente a la casa y bajó. Echó una mirada alrededor y le pareció que aquel sitio no podía ser más desalentador. La calle presentaba un aspecto ruinoso, las paredes de las casas estaban escarapeladas y llenas de dibujos y escritos.

Tres personas caminaban por la acera, lenta y silenciosamente. Pasaron frente a él sin voltear a verlo. Por aquella indiferencia, Félix coligió que no extrañaban su presencia. Se detuvo unos segundos ante el arco de entrada de la casa de vecindad, para fijar mejor en su mente el aspecto ruinoso y un poco desolador de todo aquello. Entró por el largo corredor abierto, y fue a tocar a la puerta que tenía el número que le había indicado Antonio. Tuvo que tocar varias veces porque nadie atendía al llamado. Por fin, Rody abrió bruscamente.

-¿Sí, qué es lo que quiere?-preguntó malhumorado.

Su aspecto era terrible, con el pelo desgreñado y los ojos abotagados por el sueño, parecía salido de una película de horror. Félix estuvo a punto de marcharse en ese mismo instante, pero se contuvo.

-¿Se encuentra América? Yo soy Félix, su hermano. -dijo

rápidamente- Me gustaría verla.

-No se encuentra en estos momentos-contestó Rody, dando un bostezo- Si quieres puedes esperarla. Pero se va a tardar mucho, creo que se fue a su clase de danza.

-¿Clase de danza?- inquirió Félix asombrado- ¿Cómo es eso, se metió a bailarina?

-Bueno, quizá no se pueda decir que sí, porque lo que estudia es danza moderna y, según creo, eso no es danza ni es nada.

- Ah, ya. Bueno, la veré otro día -dijo Félix- Dile que estuve por acá.

Rody asintió y cerró la puerta sin ceremonias. Félix se alejó de aquel lugar abrumado con pensamientos negativos sobre su hermana que, no solamente se había enredado con aquel tipo, sino también ahora con un grupo de danza. Se preguntaba cuántas revelaciones más encontraría por el camino.

El siguiente encuentro de Félix y América estuvo muy agitado y lleno de explicaciones. Félix tuvo que explicar las razones que lo llevaron a la casa de vecindad que, en cierta forma, eran muy sencillas: él deseaba ver dónde vivía ella, nada más. Las razones de América para asistir a una escuela de danza fueron más complicadas. En primer lugar, deseaba alejarse por unas horas de su casa, donde Rody pasaba casi todo el tiempo sumido en un sopor de horror (aquí tuvo que revelar que Rody se drogaba), y en segundo lugar, sentía que necesitaba hacer algo que fuera más importante que collares y pulseras para vender. Por esas razones se había inscrito en la escuela de danza. La revelación de que Rody estaba entregado a las drogas causó gran impresión en Félix.

-¿Cómo es posible que vivas con un tipo que es un drogadicto? Debes abandonarlo ya. -explotó casi con rabia.

América no quiso saber nada de eso. No podía abandonar a Rody. No se podía culpar al muchacho por haber caído en el horror de las drogas. La cárcel lo había golpeado tan fuerte que, en unas cuantas semanas, había destruido sus valores y su resistencia.

-¿Has estado alguna vez en la cárcel?-preguntó agitada.

-No, ni siquiera he visitado una -contestó Félix, mohíno.

-Son sitios de espanto. Solo tendrías que preguntarle a Rody para que te enteraras.

-Como quieras, pero nadie va a convencerme de que lo mejor para ti es quedarte con Rody. Debes abandonarlo.

-No. Si lo conocieras como yo, sabrías que Rody es bueno, es una de las mejores personas que conozco. No hay ni un poco de maldad en él, ni siquiera mala intención. Por eso mismo sufrió el impacto de la cárcel en toda su extensión. No podía ni sabía cómo defenderse.

América había tenido esta misma conversación varias veces con Mariano, con quien había hecho muy buena amistad. Siempre caminaban juntos por las noches, después de la clase, por las callejuelas oscuras del barrio, hasta la avenida donde tomaban el autobús para regresar a casa. Los compañeros de la escuela les habían advertido que no caminaran solos por esas calles, ellos generalmente iban en grupos de tres o cuatro, pero América y Mariano deseaban conversar sin que otras personas estuvieran presentes. La caminata hasta el autobús era la única oportunidad que tenían de hacerlo. Se decían muchas cosas que eran de carácter muy privado y se confiaban todas sus aspiraciones y anhelos. América se extrañaba de que esto fuera así, porque nunca había sido muy dada a las confidencias, pero con Mariano se sentía muy a gusto, muy tranquila, en un estado de suspensión anímica.

Una noche, tuvieron un percance. A la mitad del camino, en una calle oscura, tres hombres los interceptaron. Con voz amenazante, les pidieron el dinero que traían y, como Mariano protestó que no tenían dinero, los hombres se lanzaron contra él y lo golpearon hasta dejarlo en el suelo, gimiendo del dolor. Los hombres lo registraron y tomaron lo que tenía en sus bolsillos. Luego se voltearon hacia América, quien se encontraba petrificada pegada a una pared, y le arrebataron el bolso. Los hombres entonces desaparecieron tan rápidamente como habían venido. América por algunos momentos no supo qué hacer, luego ayudó a Mariano a levantarse y regresaron a la escuela, donde todavía seguramente quedaban algunas personas. Encontraron por el camino a Saúl, Elías y Manuel, quienes no se mostraron muy sorprendidos de lo ocurrido. Ya había pasado otras veces, aunque tal vez sin tanta violencia. Saúl fue de opinión de ir hasta la avenida y tomar un taxi para llevar a Mariano al hospital.

-Por si acaso -afirmó Elías asustado.

-No tengo dinero para el taxi -dijo Mariano

-No te preocupes. Yo tengo un poco. -aseguró Manuel.

Saúl pasó un brazo por la cintura de Mariano y lo ayudó a caminar hasta la avenida. Allí tomaron un carro de alquiler y fueron al hospital. Por suerte, Mariano no tenía ningún hueso quebrado ni ninguna otra cosa que fuera de extremo cuidado. Le curaron algunos rasguños, le pusieron crema sobre algunos hematomas, le dieron calmantes, le recomendaron que se tomara uno o dos días de descanso y, por último, le dijeron que podía irse a casa. Saúl, Elías y América se dispusieron a acompañarlo hasta allá. Manuel se excusó porque tenía un compromiso que atender. Elías, siempre haciendo chistes malos, le dijo riendo: "ve la hora en el reloj, no vayas a llegar tarde". Fueron, pues, a llevar a Mariano a su casa. Fue así como América vino a enterarse del sitio dónde vivía su amigo. Él ya le había dicho que alquilaba una habitación en casa de una familia de clase media, necesitada de ese dinero para vivir, pero no había mencionado nunca la dirección. Quedaba bastante cerca de la escuela de danza, y a América le extrañó ahora que su amigo no hubiera mencionado ese punto.

El asalto a Mariano y América causó mucho revuelo en la escuela. La violencia que los asaltantes habían desplegado les pareció excesiva, ya que nunca antes había sucedido cosa semejante. Virginia, sobre todo, se mostró muy preocupada por lo ocurrido y dio algunas ideas para que esa clase de violencia no se repitiera. Una de sus ideas le pareció muy buena a Daniel, y decidieron ponerla en práctica. Se imprimirían unas tarjetas para repartirlas por los ranchos del cerro invitando a presenciar una clase de danza. América fue la única que consideró que aquello no iba a resultar y que, probablemente, causaría aun más problemas. Virginia, sin embargo, creía que sí iba a ser beneficioso porque, explicó, la gente teme a lo que no conoce, y del conocimiento nace la comprensión y la buena voluntad. Si te conocen bien es muy poco probable que te ataquen. Quedaron, pues, en que la clase para los habitantes del cerro se realizaría.

Cuando las tarjetas estuvieron impresas, los bailarines subieron las escalinatas del cerro y comenzaron a repartir las invitaciones en todos los ranchos. Antes de salir, Virginia le advirtió a Elías que no abriera la boca para que sus afectaciones no asustaran a la gente y este, cumpliendo lo mandado, se quedó mudo todo el tiempo que duró la repartición. Cuando iban subiendo las escalinatas del cerro se escuchó una voz que gritaba: -María, ven a ver los fantoches que están subiendo "pa'ca".

Nadie se dio por enterado y continuaron subiendo. Algunos de los ranchos estaban muy bien construidos con ladrillos y techos de platabanda, pero otros estaban hechos solo con listones de madera y láminas de latón. Los bailarines se asombraron cuando vieron que algunos de los interiores estaban bastante bien amoblados y contaban con toda clase de artefactos modernos. En los estrechos recintos que, a veces, solo tenían la tierra desnuda como piso, se veía neveras, radios, televisores y muchas otras cosas que no esperaban ver en un sitio tan remoto por lo empinado. Al terminar de repartir las tarjetas, se detuvieron en algunos sitios a conversar con los vecinos. Ambos bandos mostraron amabilidad y cortesía, ligeramente reprimidas por cierta timidez.

La noche de la clase para los habitantes del barrio, los bailarines llegaron temprano y limpiaron lo mejor que pudieron el escenario que, por lo general, tenía un poco de polvo. Al poco tiempo, comenzaron a llegar los vecinos. Para sorpresa de todos, un buen número de personas casi llenó el pequeño auditorio. Los bailarines, bajo la dirección de Daniel, comenzaron a hacer sus ejercicios y figuras. Daniel les pedía hacer, con la intención de impresionar, ejercicios que eran de dificultad extrema. Al final de la clase, Daniel puso a funcionar el tocadiscos, y los alumnos bailaron una pequeña pieza, con música de Vivaldi, que habían estado ensayando ya por varias semanas. Fue un éxito estruendoso. El público se desbordó en aplausos y pitos. Los bailarines, un tanto amoscados, hacían las reverencias de rigor para demostrar su agradecimiento. Daniel sonreía satisfecho a un lado del escenario.

Terminada la clase, los bailarines bajaron al auditorio y conversaron con algunos vecinos que se habían quedado para hablarles. Virginia se desplazaba de uno a otro, contenta de que su idea hubiera tenido tanta aceptación entre los habitantes del cerro. De allí en adelante, no experimentaron más asaltos y, por el contrario, tuvieron en los vecinos protectores honorarios en todo momento. Con frecuencia, algunos de los jóvenes del vecindario bajaban de noche hasta la escuela para acompañar a los alumnos por las calles solitarias y oscuras. En ocasiones, venían también a observar las clases y se quedaban sentados en el auditorio por largos ratos, en silencio absoluto. El profesor Rojas, director de la escuela primaria, cuando le contaron lo que estaba sucediendo, no pudo dejar de asombrarse por semejantes hechos. "Ver para creer" dictaminó muy docto, y se quedó pensando que solo los artistas tienen la buena fortuna, o la mala suerte, de ser tan libres y llanos en su relación con los demás.

Cuando todo esto sucedía, ya Mariano se había recuperado de los golpes que le propinaron los asaltantes. Su relación con América continuaba como siempre había sido, muy cordial y amistosa. Conversaban mucho cuando caminaban hasta la avenida, seguros ya de que nadie vendría a asaltarlos. Una noche, Mariano estaba en vena para conversar más que de costumbre. Le preguntó a América si le parecía bien ir a sentarse en una plaza que quedaba cerca, así podrían conversar un rato más. Ella no puso objeción alguna y fueron a sentarse a la plaza. El lugar estaba casi desierto. Otra pareja estaba sentada un poco más allá y un hombre, caído de hombros y de paso lento, cruzaba el lugar como si se dirigiera al cadalso. Mariano sentía la necesidad de hablar y se dispuso a confiarle a América lo que, según creía, debía haberle dicho mucho antes.

En ese momento tuve que voltear a ver a tres jóvenes que, alborotados y ruidosos, fueron a sentarse en una mesa un poco más allá. Uno de ellos dio un vistazo a su alrededor y, llamándole la atención a los otros dos, apuntó con la mano hacia la dirección donde Josefina todavía hablaba con Virginia. Me dije que estos jóvenes debían ser los alumnos de la escuela de danza. No podía caber duda. Allí estaban el mulato Saúl, el afectado Elías y el espigado Mariano, todos muy alegres y dicharacheros. Probablemente estaban en camino a su clase, pero como era aún temprano, se habían detenido a tomar algo. Observé con detenimiento al que parecía ser Mariano. Era bastante alto, de buenas proporciones. Como era muy pálido, tenía un aire espectral que iba muy bien con sus movimientos lentos, casi lánguidos.

Saúl y Elías eran tal y como los había imaginado, ruidosos e infantiles en su comportamiento. Decidí que los observaría, sin dejar de seguir imaginando la historia que me entretenía desde hacía rato.

Mariano decidió, pues, hablar esa noche claramente, sin que ningún detalle de su historia quedara en las sombras, bien fuera por escrúpulo o por timidez. América escuchó con la mayor atención y sin interrumpir en ningún momento su discurso.

Mariano era hijo de un matrimonio de clase media acomodada, como suele decirse, para quienes lo más importante en la vida es trabajar y tener suficiente dinero para ver a los hijos educados y en vía hacia un futuro próspero. El padre de Mariano, Pedro Rosales, además de ganar dinero, también tenía una predilección grande por todo lo que fuera militar. Su más profundo deseo era que los militares volvieran a gobernar al país, como lo habían hecho antes en tantas ocasiones. Hablaba siempre de la disciplina militar que, según él, era imperativo que rigiera en todas partes y en todo momento. Se emocionaba cuando asistía a desfiles militares o celebraciones de fechas históricas nacionales. Para él, los héroes de la independencia nacional eran intocables, y sus hazañas un ejemplo para todos. Su padre también tenía grabada en su mente la idea de que un hijo suyo, por fuerza, tendría que elegir la carrera de las armas. Así que, por ser hijo único, Mariano estuvo destinado a ser militar desde el mismo momento en que nació. Rosales no contó, sin embargo, con la volubilidad de la naturaleza humana que, en la mayoría de los casos, es impredecible. Mariano no había nacido para ser militar. Desde temprano mostró que poseía un carácter reservado, tranquilo, presto a conciliar los elementos opuestos para evitar cualquier tipo de confrontación. No era esto lo que Rosales esperaba de un hijo, pero como se le hacía imposible admitir la realidad, se hizo el sordo y el ciego, y continuó en su empeño de hacer de su hijo un hombre de armas. Cuando Mariano tuvo la edad requerida, entró a la escuela militar, muy a su pesar y disgusto. Ya para ese entonces, Mariano se había dado cuenta de su naturaleza más íntima. Había notado desde temprano que no estaba inclinado a admirar ni desear al sexo opuesto. No sentía ninguna emoción, como no fuera simplemente de amistad, al aproximarse a cualquier muchacha. En cambio, los muchachos llamaban su atención y lo motivaban a hacerse un sinnúmero de figuraciones que encontraba muy placenteras. Se dio cuenta de que era homosexual y de que, encima, parecía estar satisfecho consigo mismo de que así fuera, aunque no se lo dejara saber a los demás ni tratara de ponerlo en práctica. No se sentía desdichado por eso, muy por el contrario, le parecía un estado de cosas perfectamente acorde con su modo de ser, aunque no hubiera podido decir qué significaba eso exactamente. La escuela militar, sin embargo, era algo que sí lo preocupaba en exceso. No podía imaginar cómo iba a vivir de día y de noche con un grupo de hombres desconocidos sin violentar su carácter o descubrir su naturaleza.

La vida en una institución militar no era para él, pero discutir con su padre, contrariarlo en esta materia era completamente imposible. Rosales no cejaría en su empeño y, más bien, cualquier oposición a sus designios lo haría más recalcitrante. Lo único que hubiera podido hacer era revelar el secreto de su homosexualidad, pero si bien se veía, aquello hubiera sido devastador para todos en su familia. Mariano no tuvo, pues, otra alternativa que hacer lo que su padre le ordenaba.

Llegado el día de su reclusión en la academia, su padre lo acompañó hasta el borde del gran patio que se extendía al frente del edificio. Se quedó allí parado para verlo cruzar el patio y entrar a la academia. Para él, aquel momento tenía una especial significación y se dispuso a saborearlo a plenitud. Mariano se volteó hacia él, antes de cruzar el umbral, e hizo un leve movimiento de cabeza para decir adiós. Un nuevo período de su vida había comenzado y no iba a ser, presentía, uno de los más felices. Con la mayor resignación cruzó el umbral y pasó adelante.

Las primeras semanas en la Escuela Militar fueron problemáticas y pesadas. Todo se regía por un sistema de estricta disciplina.

El día estaba fraccionado en perfectos períodos de tiempo. Los cadetes se levantaban muy temprano para ir a clases. Desayunaban, y luego se dirigían a las aulas de clases en perfecta fila, para escuchar las disertaciones de los profesores sobre estrategia militar o las diferentes armas de fuego. Aunque Mariano entendía todo muy bien, no por eso dejaba de sentirse nervioso y, hasta el mismo momento en que salía de clases, las manos le sudaban copiosamente. Controlaba sus nervios a duras penas y, para los compañeros suspicaces o desconfiados, era notorio que no se sentía a sus anchas, que estaba intranquilo y a disgusto. Cuando se trataba de clases prácticas, era aun peor; armar un rifle o superar un obstáculo en un supuesto campo de batalla eran tareas que estaban más allá de sus habilidades. Tampoco sobresalía mucho en los deportes. La esgrima fue el deporte que más le interesó y, después de varias prácticas, pudo realizar combates con cierta destreza, pero su timidez continuaba siendo evidente. Cuando alguno de sus contrincantes le ganaba un punto, siempre hacía alarde de su destreza con acentos burlones que Mariano no dejaba de detectar. Muchos de sus compañeros, jóvenes maliciosos por naturaleza, al darse cuenta de su desconcierto le dirigían frases cargadas de doble intención. Mariano las ignoraba, pero no dejaban de surtir efecto en él y, ciertamente, aumentaban su inseguridad y nerviosismo.

No hacía amistad con nadie. Su carácter retraído lo mantenía alejado y distante. Sus compañeros se le acercaban solo si tenían necesidad de hacerlo. La camaradería que veía existir en los demás, por regla general lo irritaba o, cuando menos, lo aburría. Pasaba, pues, la mayor parte de su tiempo encerrado en sí mismo. No ayudaba a su estado de ánimo la frialdad de aquel edificio, tan bien diseñado para su propósito, y de tan grandes proporciones que no estimulaba para nada la intimidad. No obstante, en el grupo del primer año, había hecho cierta amistad con un cadete que había conocido el mismo día de su llegada a la academia y con el cual, tal vez porque entre ambos existía afinidad de carácter, podía hablar sin muchas cortapisas.

Se veían en los pocos momentos que tenían libres y hablaban de temas indiferentes por impersonales. Esto no los conducía a conocerse mejor, pero ambos disfrutaban de la conversación y de la compañía. Hugo Méndez, como Mariano, era reservado y de pocas palabras, pero de mucha más reciedumbre. No se mordía la lengua para responder a cualquiera, si eran antagonistas, o si lo ofendían. Muchas veces le había recomendado a Mariano que no pasara por alto las bromas o las frases con doble sentido que, en ocasiones, le dirigían. Mariano, por supuesto, no hacía caso del consejo y dejaba que las cosas siguieran su curso.

Pasaron varios meses, y su situación en la academia continuaba igual. No superaba su nerviosismo y, a cuenta de eso, su progreso en los estudios era lento y difícil. No sacaba muy buenas notas y estaba casi seguro de que no aprobaría los exámenes finales. Comenzó a sentirse deprimido a todas horas, y cualquier contratiempo lo sumía en pánico.

No era un accidente que su amistad con Hugo se fortaleciera a cada momento, al punto de que ya iba convirtiéndose en hábito. Necesitaba asirse a algo para no zozobrar. Conversaba con Hugo cada vez que encontraba la oportunidad, bien fuera en el casino, en el comedor o en el gimnasio. En ocasiones, platicaban en la biblioteca cuando iban a leer, aunque allí tenían que hacerlo en voz baja para no molestar a los demás lectores. Mariano comenzó a darse cuenta de que entre él y Hugo iba formándose un vínculo que iba más allá de la mera amistad. No hubiera podido decir exactamente en qué consistía ese vínculo, pero algo difuso, sutil e impalpable, parecía estrecharse alrededor de ambos. Un día, por accidente, la mano de Hugo rozó la suya y Mariano sintió algo así como una descarga eléctrica sobre sus nervios. Su reacción no pasó desapercibida para el compañero, pero este no hizo mención de lo ocurrido.

Desde ese incidente, las cosas comenzaron a cambiar. Hugo no sentía ya la menor inhibición para rozar el brazo o la mano del amigo cada vez que la oportunidad se presentaba. En ocasiones, aunque todavía con mucha timidez, Mariano correspondía de la misma manera. Un día, quizá ya cansado de tantos subterfugios, Hugo le lanzó una pregunta que lo dejó anonadado.

-¿Tú entiendes que yo entiendo, no?

-No sé lo que quieres decir. -contestó Mariano, amoscado.

-No seas tan obtuso, tú sabes muy bien a lo que me refiero.

-Sí, tal vez -contestó Mariano, confuso.

-¿Y entonces?

-¿Y entonces, qué?

-Eso es lo que te pregunto. ¿Entonces?

-Si es lo que imagino, pues, no. ¿Qué quieres que hagamos?

-Ah, bueno, ya eso está mejor como respuesta.

-No podemos hacer otra cosa que quedarnos tranquilos -afirmó Mariano, muy convencido.

-Sí, tal vez. Ya veremos.

Desde ese momento, se sintieron más libres para hablar y rozarse de vez en cuando. Pero no se atrevían a ir más allá. Hasta un día que se encontraron en una de las tantas escaleras del edificio. La escalera tenía un recodo a la mitad del recorrido que cambiaba su dirección en ángulo recto. Pasaron el recodo y comenzaron a bajar el último tramo. Nadie podía verlos desde arriba y ellos podían ver a cualquiera que se aproximara en el piso de abajo. De improviso, Mariano sintió que Hugo lo tomaba por el brazo y lo atraía hacia sí. No tuvo tiempo de reacción alguna y, antes de que pudiera hacer algo, el otro le plantó un beso en la boca que lo dejó en total desconcierto. En ese mismo momento, se escuchó un grito que alguien lanzaba con voz de trueno.

-¿Qué significa esto?

Los dos voltearon sobresaltados hacia el rellano de la escalera que acababan de pasar y vieron que allí, con cara feroz, se encontraba uno de los oficiales de mayor rango esperando que contestaran su pregunta. Ninguno de los dos atinó a decir nada. Entonces, con fuerte voz de mando, el oficial dio sus órdenes.

-Los dos están detenidos y quedan a la espera de las sanciones pertinentes. Vamos, marchen.

La detención no duró mucho. La dirección de la academia no tardó en dar su fallo. Los dos serían expulsados por su conducta deshonrosa. Al día siguiente, vestidos de uniforme, fueron llevados al patio interno, donde ya estaban todos los cadetes en formación, esperando la ceremonia que era de rigor para las expulsiones. De pie ante todo el cuadro de cadetes, Mariano y Hugo sufrían la humillación extrema de verse execrados. Un oficial leyó la orden de la dirección de la academia que expulsaba a los dos cadetes, especificando la falta cometida. El oficial al mando, entonces, dio la orden para que el cadete menos antiguo se aproximara y arrancara las insignias de los uniformes de los expulsados. El muchacho se aproximó, arrancó las insignias de los hombros de los dos desgraciados y las tiró al suelo, con gran desdén y desprecio. Mariano sintió que le habían quitado algo muy precioso. Aunque era bien cierto que nunca había sentido ninguna estima por la carrera de las armas, sintió en ese momento que le estaban quitando la estimación de sí mismo y que nada podía ser peor. Luego, el oficial dio la orden para que todos se volvieran de espaldas en señal del rechazo colectivo a sus personas. Hugo y Mariano fueron llevados luego al dormitorio, donde se les ordenó vestirse de civil. Después fueron conducidos, a través de la cocina, hasta la puerta trasera del edificio y, allí les ordenaron salir y cerraron la puerta con gran estrépito.

Una vez afuera, humillados y extenuados, Hugo y Mariano no sabían qué hacer. Después de unos momentos de afligido silencio, Hugo quiso saber qué pensaba hacer Mariano.

-¿Hacer? No tengo la menor idea. -contestó Mariano- Ir a mi casa, aunque no sé si deba hacerlo, mi papá ya debe estar enterado de lo sucedido y quién sabe cuál será su reacción.

-Bueno, pero tendrás que enfrentarlo, alguna vez.

-Sí, creo que sí.

-¿Nos volveremos a ver pronto?- quiso saber Hugo.

-No sé, tal vez...Será mejor esperar algún tiempo...

-Como te parezca...

Se despidieron allí mismo y cada uno tomó por su lado. Ambos sentían vergüenza por lo que había sucedido y se consideraban culpables, en particular Hugo, por no haber tenido la fortaleza necesaria para negarse hacer aquello que les había traído la desgracia. Se despidieron con palabras formales, desprovistas de afecto y se alejaron en direcciones opuestas hacia no sabían dónde.

No teniendo ningún otro sitio a donde dirigirse, Mariano se fue a su casa. Su madre abrió la puerta con los ojos llorosos. Había estado esperándolo toda la mañana, atisbando por las ventanas, con un deseo muy grande de que llegara pronto. Cuando lo tuvo ante sí, sin decir palabra le dio un abrazo fuerte y prolongado. Mariano esperó un momento, para que ella fuera la primera en hablar. Su madre lo hizo con un susurro débil y dolido.

-Tu padre no quiere verte. No sé qué vamos a hacer...

-Tendré que irme, entonces. -dijo Mariano apocado.

-Sí, pero escucha...yo hablé esta mañana con tu primo Orlando. Tú sabes que él vive solo, me dijo que si te parece bien puedes ir a quedarte con él, por lo menos hasta que logres enrumbar tu vida en alguna forma.

Mariano fue a casa de Orlando, aunque no lo conocía demasiado bien. El primo lo recibió sin problemas, y demostró, más tarde, que era un buen amigo en todos los sentidos, un refugio y un guía que lo ayudó a rehacer su vida de la mejor manera posible.

Mariano terminó de esa forma la narración de su historia. América había escuchado atenta y sin interrumpir.

-Lo que te sucedió fue duro. Una tremenda prueba. -dijo después de unos instantes.

-Sí, y lo sigue siendo -contestó Mariano.

-Eres un buen amigo, gracias por la confianza que me tienes. -América puso una mano sobre su brazo- Yo trataré de ser también buena amiga contigo.

-Imagino -dijo Mariano- que te habrá parecido extraño que no te galanteara en ningún momento.

-Bueno, sí -rio la muchacha- Aunque nunca tuve muchos galanes, que se diga.

-Se hace tarde -comprobó Mariano, viendo su reloj- Mejor te acompaño a tu casa.

-No es necesario.

-Sí, sí, insisto. No puedes andar sola a estas horas.

Mariano la acompañó a la casa de vecindad. Cuando llegaron a la entrada del callejón, se detuvieron para despedirse. Luego, él se quedó allí hasta que la vio entrar en su habitación. Antes de irse echó una mirada a su alrededor y se admiró de que ella aceptara vivir en aquel sitio. Su amor por Rody seguramente era muy grande y sin un gramo de egoísmo. Cuando se disponía a marcharse, escuchó que América lo llamaba con voz alarmada. Se volvió sorprendido y la vio en la puerta de su habitación pidiéndole que se acercara.

-¿Qué sucede?- preguntó Mariano, un tanto asustado.

-Es Rody. Está inconsciente, no sé si está muerto. -contestó América con voz llorosa- Quédate aquí un momento, mientras voy a hablar con una vecina.

-Sí, anda. -atinó a decir Mariano, realmente consternado.

América se dirigió a la habitación de Elsa, tocó a su puerta y, cuando esta abrió, se lanzó al interior llorando.

-¿Qué te pasa, qué tienes?-preguntó la mujer asombrada.

América le explicó, entre sollozos, que había encontrado a Rody inconsciente en la cama.

-¿Qué debo hacer? ¿Dónde vamos a encontrar a alguien que lo reviva?

-No necesitamos a nadie, vamos a llevar a Rody al hospital. -dijo Elsa, con la seguridad del que sabe manejarse en emergencias.

-Entonces, voy a llamar por teléfono en el bar de la esquina, para que venga una ambulancia- dijo América un tanto confortada.

-No, mejor busco a Francisco para que nos lleve al hospital. -contestó Elsa.

-¿Francisco? ¿Y quién es Francisco?

-Un vecino que vive tres puertas más allá. -contestó Elsa- Es chófer de taxi, y es un hombre bueno y servicial. Espera aquí, mientras voy a buscarlo. No, mejor hazme el favor de llevar la niña casa de Gisela, para que me la cuide mientras vamos al hospital.

Así hicieron. Elsa fue a buscar a Francisco, y América fue a llevar la niña casa de Gisela, quien vivía en el cuarto de al lado. La niña estaba dormida, pero América la tomó en brazos sin mayor problema. Cuando regresaron al cuarto de América, encontraron a Mariano en la puerta, esperando. América le dijo lo que iban a hacer y Mariano quiso agregarse a la partida. Elsa dijo que, entonces, no la necesitaban a ella, que mejor se quedaría. Entre Francisco y Mariano levantaron a Rody, después de que América le hubo puesto una camisa limpia. Lo llevaron entre los dos hasta el carro que estaba estacionado al otro lado de la calle y lo depositaron en el asiento trasero. América se sentó allí también, poniendo las piernas de Rody sobre las suyas.

Llevaron a Rody a la emergencia del hospital y allí, quizá porque se veía realmente en mal estado, lo atendieron casi de inmediato. Una hora después, una enfermera apareció para decirles que Rody había recuperado el conocimiento y que, pronto, estaría bien del todo. Francisco y Mariano decidieron irse. El taxista le ofreció a Mariano llevarlo hasta su casa, pero este se negó a aceptar, con que lo dejara en el camino bastaría. Se despidieron de América y esta le prometió a Mariano que le dejaría saber el estado de Rody a la mañana siguiente. La muchacha quedó muy abatida, y con paso lento fue hasta un pequeño recibo colocado a un extremo del corredor, con la intención de esperar allí toda la noche. Todavía no podía comprender cómo Rody había llegado a esos extremos. La droga surtía ahora un efecto devastador en él y, si no se controlaba, solo podía esperar un final trágico. Se sentó con desmayo en una silla y se sintió muy sola y desprotegida. No tenía realmente a quien acudir. Allí estaba Mariano, era cierto, pero él era un amigo reciente, casi un extraño, y no sabía si podía contar con Félix. Su hermano era irreflexivo y veleidoso, no podía confiar en él enteramente. América no veía nada más que negruras en ciernes.

En ese momento, observé que Virginia se despedía de Josefina, quien salía del café, y al ver a los muchachos todavía sentados alrededor de la mesa en la acera, se acercó a ellos. Esto era aun mucho más interesante de lo que yo había imaginado. La bailarina se reunía con sus estudiantes. Recibieron a Virginia con grandes muestras de alegría. Yo continué observándolos con el mayor interés, aunque solo podía comprender una que otra frase aislada de su conversación, ahogada en su mayor parte por exclamaciones y carcajadas estruendosas. Virginia parecía gozar y participar del regocijo general, no obstante ser bastante más avanzada en edad que el resto del grupo. Como los demás no parecían notar la diferencia, yo pensé que, tal vez, eso era lo que debía hacerse en cualquier circunstancia. Seguramente el grupo festejaba alguna ocasión especial. No podía ser de otra manera, si se consideraba la algarabía que producían. Quizá no sería desencaminado imaginar...

Al grupo de danza contemporánea se le habían presentado algunos problemas. El Ministerio de Educación había ordenado una inspección del edificio de la escuela primaria. El inspector dictaminó que todo estaba en orden, exceptuando al teatro, en el cual encontró que la instalación eléctrica era deficiente, que había excesiva humedad en las paredes, que el tablado estaba en malas condiciones, etc. Clausuró el teatro hasta que se hicieran las reparaciones necesarias. Para Virginia y Daniel esto representaba un problema grave. ¿Qué iban a hacer para continuar las clases? El director de la escuela les explicó que tendrían que esperar, porque en esos momentos no había dinero disponible para hacer reparaciones. Daniel convocó a sus estudiantes a una reunión para participarles lo que estaba sucediendo. Todos ellos vieron la gravedad del problema y algunos expusieron ideas para solucionarlo, pero fueron descartadas de inmediato por demasiado difíciles o impracticables. Daniel dijo que lo primero que tenían que hacer era pedirle a un ingeniero un presupuesto, para tener al menos una idea de cuánto dinero se iba a necesitar. Saúl dijo que él conocía a un ingeniero y que, al día siguiente, podría ir a explicarle el problema. Quedaron, pues, en eso.

El ingeniero fue a inspeccionar el pequeño teatro y, unos días después, presentó un presupuesto. La suma que puso en el papel no era nada alentadora, pero él aseguró que había tratado de calcular todo en la forma más económica posible. No quedaba, pues, otra alternativa que buscar esa suma de dinero. Virginia se puso en acción en el acto. Habló con sus amigos en los ministerios y logró que le dieran algún dinero, pero no era suficiente. Daniel estaba muy preocupado, porque sabía que la interrupción de las clases podría llevar al grupo a desbandarse. Entonces, tuvo una súbita inspiración. ¿Por qué no realizar un concierto para recabar fondos para las reparaciones? A Virginia le pareció una excelente idea, discutieron largamente para ponerse de acuerdo sobre el programa que iban a poner en las tablas y, con algunas reservas por parte de ella, decidieron que el recital, casi en su totalidad, fuera con música muy moderna y de vanguardia. Daniel hubiera querido que todo el programa fuera con música contemporánea, pero Virginia pensaba que era necesario darle al público algo que no fuera tan difícil, e insistió en que, al menos una de las piezas, fuera de música nacional.

Sofía había grabado una cinta de los tambores de Curiepe y Virginia, a quien la música de percusión le encantaba, pensó que sería de tremendo impacto presentar una coreografía con los ritmos del pueblo. El resto del programa se componía de una pieza de Edgar Varése, otra de Béla Bartok y, por último, una de Charles Ives. Para Virginia, este programa era muy elitista y profundamente difícil, pero Daniel no dio su brazo a torcer. Cuando era necesario defender su posición era el más testarudo de los contrincantes. Virginia tuvo que ceder y aceptar que Daniel se saliera con las suyas, aunque quedó muy preocupada con la selección de la pieza de Varése: "Ionización", que era en su opinión, estridente y complicada con sus sirenas y percusiones extrañas. A ella, a quien le gustaba tanto la percusión, la pieza le parecía demasiado difícil para el oído y enrevesada para su comprensión. Tuvo, sin embargo, que conformarse con el dictamen de Daniel.

Se les presentó otro problema. ¿Dónde ensayar todas aquellas coreografías? No era posible hacerlo en el teatro. Pero el profesor Rojas vino de nuevo al rescate, y les ofreció un salón de clases que, por no necesitarse, se había destinado para guardar material en desuso. El grupo se dedicó a poner todas las cosas que allí había en un rincón, luego limpiaron el lugar y todo quedó listo para los ensayos.

Ya habían comenzado los ensayos cuando América y Mariano tuvieron que llevar a Rody al hospital. Al día siguiente del incidente, después de dormir toda la noche sentada en una silla, América no se sintió con ánimos de ir a parte alguna, ni hacer ninguna cosa. Un doctor vino y le comunicó que, en pocas horas, podría llevar a Rody a su casa. Le aconsejó convencerlo para que asistiera a un centro de rehabilitación, ya que un muchacho tan joven no tenía por qué entregarse en esa forma a las drogas. América le prometió hacer todo lo que fuera posible.

América no pudo salir a vender su mercancía ni asistir a las clases de danza por dos días. Se dedicó a cuidar a Rody hasta que estuvo en condiciones de manejarse por sí solo. En la calle, vino Félix a verla. Su hermano ya conocía, más o menos, el recorrido que ella hacía por las calles de la ciudad y no le era difícil encontrarla. La encontró ojerosa y preocupada. Ella tuvo que contarle todo lo ocurrido con Rody.

-Si quieres y, por supuesto, si él lo acepta, yo podría encontrarle un sitio en una clínica de rehabilitación. -dijo Félix en tono amigable- No tendrías que preocuparte por pagarla, la pagaría yo.

América no se sorprendió de su generosidad, las inesperadas salidas de su hermano eran proverbiales.

-¿Cómo vas a hacer eso?, no tienes ninguna obligación con nosotros. -afirmó la muchacha sin mayor convicción- Además, Rody no va aceptar nunca que tú pagues el tratamiento. No sabes lo cabeza dura que es.

-Déjame hablar con él y ya verás que lo convenzo en un dos por tres. -contestó Félix muy seguro.

No se perdía nada con tratar, pensó América, ya cansada de preocuparse todo el tiempo por el estado en que Rody se encontraba. Aceptó que Félix hablara con Rody, pero solo después de que ella preparara al muchacho. Quedaron en que Félix vendría esa tarde a la casa de vecindad y que ella saldría hasta el portón para encontrarlo. América no deseaba que Rody fuera el que abriera la puerta, no estaba segura de cómo su compañero podría reaccionar.

Esa tarde, Félix fue a verlos como habían planeado. América lo fue a recibir al portón de la casa. No se había atrevido a decirle a Rody que su hermano vendría a verlo, limitándose solo a insinuar que debería ir a algún sitio para que le trataran su adicción. Félix no tardó en llegar, se encontraba de muy buen humor, lo cual no le pareció a América muy apropiado para las circunstancias, pero no hizo ningún comentario al respecto. Félix deseaba ver a Rody a solas y le pidió a su hermana que, tan pronto cambiaran las primeras palabras, saliera de la habitación y los dejara solos. Fueron hasta allá y encontraron a Rody acostado en la cama con los ojos puestos en el cielo raso. Se sorprendió mucho de ver a Félix, pero se contuvo y, levantándose, lo saludó con palabras que semejaban un gruñido. América le dijo que su hermano deseaba hablarle a solas y, diciendo esto, salió con rapidez de la habitación. La muchacha se detuvo delante de la puerta, preocupada y temerosa de lo que pudiera acontecer, y allí esperó. Pasado un instante, Elsa apareció llevando a Maruja en los brazos. Regresaba del trabajo y, al ver a América, se detuvo para conversar con ella.

-¿Estás tomando el fresco?- dijo jocosa- Dentro de la habitación a veces el calor es insoportable.

-No, estoy esperando a que mi hermano termine de hablar con Rody. No querían tener testigos, por eso estoy aquí.

-Ah, entiendo, cosas de hombres -dijo Elsa con un gesto ambiguo- Bueno, me voy a alimentar a esta niña, como siempre, tiene mucha hambre. Si quieres, puedes venir a ayudarme, mientras esperas a que ellos terminen de conversar.

-No, no, mejor espero aquí -dijo América intranquila- Gracias de todas maneras. Te veré más tarde.

Elsa se marchó con la niña, que ya comenzaba a llorar. América tuvo que esperar todavía largos minutos a que Félix y Rody terminaran su entrevista. Por fin, Félix salió de la habitación. Por su cara, América supo de inmediato que había logrado su propósito. Su hermano sonreía con expresión victoriosa. América caminó algunos pasos con él mientras inquiría sobre lo que habían hablado y a cuáles conclusiones habían llegado. Félix le dijo que Rody había aceptado ir a un centro de rehabilitación para recibir tratamiento, pero no deseaba internarse, sino ir a sesiones, cada día si fuera necesario. No se opuso a que Félix sufragara los gastos y, según este, le estaba muy agradecido por su preocupación y ayuda. América no lo podía creer, había imaginado que Rody opondría la más obstinada resistencia a los propósitos de Félix.

-Entonces, no fue muy difícil convencerlo. - dijo América incrédula.

-No fue fácil tampoco, no. Se resistió por algunos minutos...

-¿Cómo hiciste, cómo pudiste convencerlo tan pronto?

-Ah, eso no voy a decírtelo. No me gusta divulgar mis tácticas, con que sepas que lo logré, basta. Hablemos de otras cosas.

-Como te parezca -contestó América contrariada.

Por algún tiempo no había tenido noticias de su familia y le pareció que no estaría demás preguntar por ella. Félix encantado, comenzó a contar historias y anécdotas que salpicaba con sabrosas frases humorísticas. Angélica estaba bien, dijo, gozando de su libertad y del dinero que su padre le tenía asignado, que lo había ganado a fuerza de hablar y de rogar, puesto que "el viejo", al principio no tuvo intención de darle ni un céntimo. No había mucho que contar sobre ella porque Félix no la veía con frecuencia. La hermana nunca se ocupaba de la familia, entregada a los deleites de una vida ociosa y sin propósitos. Arturo, en cambio, trabajaba muy duro. Su afán por hacer dinero era incansable. Manejaba toda clase de negocios y, por lo visto, en casi todos ganaba mucho dinero. Ricardo, siempre orgulloso de él, se llenaba la boca diciéndole a todo el mundo que, de continuar así, Arturo pronto sería uno de los hombres más ricos del país. Su matrimonio con Leonor también había dado excelentes resultados. El padre de esta, hombre muy rico, ponía grandes sumas de dinero en los negocios de Arturo y, encima, se llevaba muy bien con él. Leonor, por otra parte, era una muchacha sumisa y apocada que hacía todo lo que Arturo le indicaba, lo que constituía un incremento grande a la dicha que ya lo embargaba.

Don Ricardo también era dichoso, aunque de otra manera. Sus negocios también andaban muy bien, de lo cual Félix y Angélica podían dar testimonio cuando recibían sus mesadas al fin de cada mes, pero lo que lo hacía muy feliz era su relación con Rita, con quien no dejaba de refocilarse cada vez que podía. Las cosas en la casa paterna habían cambiado un poco, sin embargo. La última vez que Félix había visitado a su padre, se dio cuenta de que el arreglo que este había hecho con la criada había cambiado en algunos aspectos. Ya Rita no era solamente una criada, ahora daba órdenes a los demás criados y disponía a sus anchas sobre muchas cosas. La muchacha por lo visto, poco a poco, se había instaurado como señora de la casa. No había quien le discutiera ninguna decisión que tomara, como no fuera Ricardo, pero a este parecía importarle poco que la mayoría del tiempo, ella procediera como le diera la gana.

Félix no dijo nada de sí mismo, pero ya América sabía lo que su hermano hacía y deshacía. Él quiso saber cómo iban las clases de danza. Ella le contó sobre el concierto que estaban preparando. También le dijo que esperaban conseguir el Aula Magna de la Universidad Central para esa ocasión. A Félix le pareció una idea magnífica y le pidió que le avisara en el caso de que necesitaran ayuda para conseguirla. Él conocía a la plana mayor de la universidad y, tal vez, podría ayudar en algo. Como siempre, resultaba ser un hombre de incontables recursos.

Cuando Félix se hubo marchado, América regresó a la habitación y encontró a Rody sentado en una silla, cavilando. Quiso que el muchacho le explicara cómo se había desarrollado la entrevista, pero Rody tampoco estaba en disposición de hablar. Apenas le dijo que tuvieron una buena conversación y que Félix lo había convencido de lo conveniente que sería asistir a un centro de rehabilitación. No quiso dar más detalles, solo agregó que al otro día se encontrarían y que irían juntos a uno de esos centros. América se asombró de que

Rody tampoco quisiera contarle lo que realmente había sucedido entre él y su hermano, pero no dijo nada más para no desbaratar con su curiosidad todo lo bueno que aquella entrevista había logrado.

Al otro día, Rody, acompañado por Félix, se registró como paciente en un centro de rehabilitación. América respiró profundo y pudo ver, por fin, que algo se hacía para volver a Rody a la normalidad. Esa noche, ya más tranquila, fue a la clase de danza. La recibieron con muestras de gran alegría, aunque solo había estado ausente unos pocos días. Sobre todo Mariano, quien se complació mucho de que regresara a clases, ya que sentía especial estimación por América, y ahora mucho más, desde que le había relatado su desdichada historia en la Academia Militar. Pero no tenían mucho tiempo para los asuntos personales. El proyectado recital de danza se convirtió en el centro de todas las preocupaciones, y era necesario hacerlo lo más pronto posible y en la mejor forma.

Daniel era el conductor ideal para esta clase de trabajo. No dejaba descansar a nadie, revisaba cada detalle con minucioso cuidado y exigía que todos dieran lo máximo, tanto en esfuerzo físico como en la expresión de las emociones. Por su lado, aparte de bailar hasta el cansancio, Virginia se dedicó a publicitar el recital, mandando a imprimir y, luego, a repartir volantes con la fecha, el programa y el nombre de la sala donde se presentaría el espectáculo. También se dedicó, con la ayuda de Sofía, Nancy y Betina, a confeccionar los trajes para las diferentes danzas. Como Daniel no tenía una buena opinión de las danzas que narraban una historia, prefiriendo que sus coreografías fueran abstractas, no había necesidad de diseñar trajes muy especiales. Virginia tenía, pues, mucha más libertad para hacer los trajes como mejor le pareciera. Para no estar mucho tiempo pensando cuál tipo de trajes debía confeccionar, decidió tomar ideas de los trajes de Martha Graham. Revisó varias revistas de danza y tomó nota de los que le parecieron menos complicados y más accesibles desde el punto de vista económico. Escogió los trajes por la sencillez de su diseño, pero también porque lo vaporoso de las faldas de jersey, daba la sensación de estar arropada en telas suaves y ligeras, y creaban la ilusión de perder peso y flotar en el aire.

No hubo necesidad de requerir la ayuda de Félix para conseguir el Aula Magna en la universidad. Virginia conocía a todo el mundo en aquella institución y le dieron todos los permisos necesarios, con tal que pagaran por el uso de las luces y del personal que, necesariamente, tendría que estar con ellos durante los ensayos y el concierto final. Los ensayos se desarrollaron con muchos problemas, causados principalmente por la intransigencia de Daniel a perder un ápice de calidad en los movimientos o en el ritmo que se les imprimía. Cuando él decía: "esto se hace así", se hacía de esa forma y no de ninguna otra.

No ayudaba mucho tampoco la estrechez del salón que les había facilitado el profesor Rojas. En ocasiones, los bailarines se tropezaban en medio de un movimiento y Daniel se encendía en cólera. Todos comprendían, sin embargo, que no podía ser de otra manera. Las muchachas y Virginia, una vez terminados los trajes, se dedicaron de lleno a repartir volantes. Virginia repartió muchos volantes en las calles, sobre todo en su propia calle y sus alrededores. También repartió algunos en el cerro, pero no creía que nadie del barrio estaría dispuesto a ir a la universidad para ver el concierto, mucho menos si tenía que pagar la entrada. El día del concierto llegó y, aunque Daniel creía que las danzas no estaban todavía bien ensayadas, se fueron esa tarde al Aula Magna con sus trajes, que eran lo único que necesitaban, a hacer el ensayo final en el escenario de aquel espacioso anfiteatro. Llegaron y tuvieron que resolver varios problemas que, ya de antemano, Daniel había previsto. El escenario era vastísimo y, antes que nada, fue necesario reducir su espacio poniendo cortinas a los lados. Luego, tuvieron que hacer un ensayo preliminar. Los movimientos que habían ensayado en un espacio mucho más reducido tenían que ser adaptados al espacio del Aula Magna. Cuando tuvieron en condiciones de hacer un ensayo general sin interrupciones, ya se acercaba la hora de la función.

Virginia, que nunca se amilanaba por nada, en esta ocasión era la más nerviosa. Daniel le dio ánimos, pero él tampoco se sentía muy seguro de que iban a lograr recabar suficiente dinero para realizar los trabajos de reparación en el teatro de la escuela. Llegó el momento para comenzar el espectáculo. No había telón en el escenario, tampoco ninguna escenografía, así que los bailarines salieron por las puertas del fondo, a los ojos del público, directamente al tablado del escenario. Al salir, todos se dieron cuenta de inmediato que, en contra de todas las predicciones, había bastante público en la sala. En aquel recinto que se abría en abanico, bajo los "platillos voladores" de Alexander Calder, un público formado por los más disímiles personajes se había congregado para ver el espectáculo. La expectación era grande, expresada en un silencio profundo. Los bailarines se desplazaron sobre las tablas y comenzó la danza. La primera coreografía, acompañada por la música de Varése, con sus sirenas y percusión extraña, causó estupor en el público.

Daniel era un buen coreógrafo y había coordinado movimientos que estaban en perfecto acuerdo con la música, lo cual acentuaba aun más lo extraño y vanguardista de todo aquello. Los bailarines sentían venir en el aire, desde la sala, ondas de sorpresa y descreimiento. Lo mismo sucedió, aunque en menor grado, con las danzas con música de Bartók y Ives. Los bailarines cuando salían del escenario, en las cortas pausas entre las danzas, discutían su preocupación con Daniel. La aceptación del público distaba mucho de ser favorable.

Daniel se sentía abatido y deprimido, pero Virginia lo alentaba y le decía que esperara a que bailaran el tambor de Curiepe. Estaba segura que entonces la reacción iba a ser muy diferente. Tuvo razón en ese punto.

Cuando comenzaron los tambores a resonar en la sala, aunque la grabación hecha por Sofía no era precisamente muy buena, la reacción del público se convirtió en otra muy diferente. Se respiraba por todas partes entusiasmo y alegría. Los tambores repicaban en sonidos y ritmos que todos entendían. Cuando terminó la danza, la sala se sacudió con estruendosos aplausos y gritos. El público, por fin, había visto y escuchado algo que todos comprendían y reconocían como suyo. Terminada la función con ese feliz resultado, todos comenzaron a retirarse satisfechos y alegres. Los bailarines, en los camerinos, se felicitaban mutuamente con gritos de contento. Sofía, Nancy y Betina, quienes eran por regla general las menos entusiastas del grupo, se reían y abrazaban como enloquecidas. Daniel y Virginia no podían estar más felices. Mariano, Saúl, Elías y Manuel estaban como en suspenso, y no salían de su asombro por la extraordinaria recepción que había tenido la danza de los tambores. Daniel abrazó a Virginia.

-¿Te diste cuenta de que vinieron algunas personas del cerro? -le preguntó Daniel muy sonriente.

-No, no me di cuenta. - contestó Virginia- Con los nervios que tenía, no me di cuenta de nada, con bailar tuve suficiente.

-Yo creo que su presencia fue lo más importante de la noche. -afirmó Daniel con gran convencimiento.

-Eso es lo que yo siempre he dicho -replicó Virginia- Lo que realmente importa es hablarle al pueblo.

Algunas personas se habían quedado en la sala para esperar a los bailarines y hablar con ellos. Manuel y Elías bajaron del escenario y fueron a reunirse con algunos amigos. Formaron un corrillo en uno de los pasillos y sus voces llenaban el ámbito de la sala de extremo a extremo. Félix, quien había venido para satisfacer su curiosidad, esperaba a América sentado en una silla. Cuando ella salió, se levantó y se dirigió a ella directamente. América se mostró muy contenta de que hubiera ido a ver el espectáculo.

-No me lo hubiera perdido por nada -dijo Félix- Después de todo, estudio acá y ya me estoy acostumbrando al sitio a todas horas.

En ese momento, Rody se acercó a ellos. Venía acompañado por Antonio y Roberto. Los dos besaron a América y hablaron casi al unísono, entusiasmados como estaban por el "magnífico" programa que acababan de ver. Rody también felicitó a América y saludó a Félix con deferencia. Ninguno hizo mención del tratamiento a que se estaba sometiendo Rody. La conversación se concentró sobre el programa que acababan de ver. El entusiasmo de Roberto y Antonio no era compartido por Félix y Rody, a quienes el programa les había parecido difícil y vanguardista al extremo, sin embargo, todos estuvieron de acuerdo en que había sido un éxito.

Un poco más allá, Josefina y Luis conversaban con Virginia.

-Qué bueno que vinieron. ¿Cuántas personas de la cuadra estaban aquí?

-Yo solo vi a dos. -contestó Josefina- Al matrimonio que vive unas cuatro casas más abajo de la mía. Pero esta noche tuve una sorpresa. Yo no sabía que mi sobrina estaba en tu grupo.

-¿Tu sobrina? ¿Y quién es tu sobrina? -preguntó Virginia divertida.

-Pues, América. Ella es hija de mi único hermano.

-Ah, yo no sabía. América no habla mucho. ¿Y cómo es posible que tú no supieras que estudiaba con nosotros?

- Eso es una historia larga. Algún día te la contaré. Baste decir que en la familia hemos tenido algunos desacuerdos y que, por lo general, evitamos vernos con frecuencia.

-Ah, ya. Espero que el problema no sea muy grave. ¿Quieres hablar con ella ahora?

-No, yo preferiría no hacerlo.

En ese momento intervino Luis, quien hasta ese momento se había mantenido callado.

-No veo por qué no quieres hablar con la muchacha. América no te ha hecho ningún mal. Mira, que eres testaruda.

-No te metas en esto -dijo Josefina terminante- Son cuestiones de mi familia...

-Y de moralidades anticuadas...-aseguró Luis.

Josefina desechó el tema con un gesto y continuó su conversación con Virginia.

-No me has preguntado cómo está Miguel -dijo Josefina en son de reproche.

-Tienes razón, con tantas cosas en mente se me pasó ese detalle. ¿Cómo está el niño? - quiso saber la bailarina, un tanto corrida.

-Pues, estupendamente bien. Está que es una belleza. Pronto lo vamos a bautizar para sacarle el diablo del cuerpo, como dicen, aunque a algunos, el diablo nunca los abandona. Desde ya, estás invitada al bautizo. No podrías faltar tú, que eres casi su madre.

Un pasillo más allá, Félix también hacía un intento para reunir a América con Josefina, pero cuando se lo planteó a su hermana esta dijo que si su tía quería conversar con ella, aceptaría con gusto, pero que ella no podía tomar la iniciativa. Félix, a quien nada le importaba mucho, decidió abandonar el tema y pasar a otra cosa.

Daniel había ido a hablar con el taquillero para enterarse de la recaudación, y al rato regresó un tanto cariacontecido. América se dio cuenta y le preguntó qué sucedía. Daniel respondió que acababa de hablar con el taquillero y que este le había dado muy buenas noticias, se había recaudado lo suficiente para cubrir lo que faltaba para las reparaciones, pero también le había dicho que tenían que pagar un porcentaje de ese dinero al impuesto y allí estaba el problema. Si pagaban el impuesto, la suma ya no alcanzaría.

-Quizá Félix pueda hacer algo por ustedes...-farfulló América tímidamente -Mi hermano conoce a mucha gente.

-¿Ah, este es tu hermano?- preguntó Daniel interesado, tendiéndole la mano.

Félix le estrechó la mano y sonrió.

-Quizá pueda hacer algo por ustedes, pero no lo prometo de seguro. -dijo precavido.

-Ah, eso sería estupendo -exclamó Daniel, entusiasmado- Quizá Virginia podría ayudar también.

Daniel alzó la voz y llamó a Virginia, quien en ese momento se despedía de Josefina y Luis. Virginia se aproximó y Daniel le contó lo que sucedía.

-Ah, yo tengo algunos amigos en el Ministerio de Hacienda -dijo Virginia-Tal vez pueda conseguir que ayuden en algo.

-Félix dice que, probablemente, él pueda hacer algo también, -explicó Daniel- si ustedes dos unen esfuerzos seguramente resolverán el problema.

-Quedamos en eso, entonces-dijo Virginia, muy satisfecha.

De pie, sobre el escenario, Mariano veía a todos congregados en la sala, conversando entre las filas de sillas y no se atrevía a bajar hasta ellos. América y Rody conversaban con Virginia y Daniel, y él sabía que, seguramente, no estarían interesados en que él los acompañara. Tal vez debería unirse a Elías, pero no, eso tampoco sería apropiado para él, no soportaba las afectaciones de ninguna clase. Si tan solo sus circunstancias hubieran sido diferentes, tal vez él hubiera tenido oportunidad de entrar en el mundo que ellos habitaban, pero estaba visto que aquello no era posible, no sería nunca posible. Guardaría, pues, las distancias.

Durante la función, Rody había estado muy atento a todo lo que sucedía en el escenario, aunque a decir verdad comprendía muy poco de aquella danza que, no solamente era contemporánea, sino también insólita y extraña. Ahora, cuando todos conversaban animadamente, él se mantenía alejado y distante, como si no estuviera allí. América se había dado cuenta de ello y, tan pronto como pudo, comprendiendo que ya Rody había tenido suficiente por una noche, anunció que era hora de irse a casa. Se despidieron de todos y subieron los escalones que conducían a una de las puertas, América se sentía contenta de lo que había logrado esa noche y, por su lado, Rody se mostraba tranquilo y en paz consigo mismo, al menos por los momentos.

Sentados alrededor de la mesa del café todavía estaban los estudiantes de danza y Virginia. Reían a sus anchas y, era obvio, hacían chistes y contaban historias. Pensé que, tal vez, yo había confundido los tiempos de nuevo, y que no estaban en camino a clases sino celebrando el éxito obtenido recientemente en el Aula Magna. Virginia era la que hacía menos ruido, quizá por ser la de más edad, o por estar pensando en otras materias más serias, probablemente en el impuesto que tenían que pagar y que ella había decidido eliminar con la ayuda de sus amigos. Desde mi sitio podía ver que Elías derrochaba risas y gestos, semejante a ciertos personajes de los dibujos animados. Saúl reía con fuertes carcajadas y se echaba para atrás en su silla, casi cayendo de espaldas con el impulso que le daba. Hasta Mariano estaba contento. Era una reunión demasiado alegre y parecía un tanto irreal, con un toque de artificio que me hizo pensar que trataban de ocultar alguna cosa que no debía salir a la superficie. ¿Y dónde estarían las tres muchachas? Sofía,

Nancy y Betina, las tres empleadas de la compañía de teléfonos, no aparecían por ninguna parte. ¿Y Manuel, el taciturno relojero? Seguramente no participaban de la camaradería del grupo por alguna razón intangible y misteriosa. Un poco más allá de la mesa de los bailarines, caminando por la acera con pasos lentos, deteniéndose de vez en cuando ante una tienda, pensativos y silenciosos, vi a América y Rody que se aproximaban. Yo esperaba verlos reunirse con sus compañeros en la mesa del café, pero pasaron de largo sin mirar a los lados, ignorando todo lo que estaba a su alrededor.

La tarde se oscurecía y, pensando que había estado ya mucho tiempo en aquel sitio, decidí marcharme a casa. Comencé a caminar en la misma dirección en que había venido, hacia la intersección de una calle por donde pasaban los autobuses. Antes de llegar allí, escuché el ruido de frenos que chirriaban, y un clamor de voces asustadas. Apresuré el paso y, al llegar a la intersección, vi a un grupo de personas reunidas alrededor de algo o alguien en mitad de la calle. Me acerqué y pude ver que se trataba de un hombre que, acostado en el suelo, parecía estar inconsciente. Abriéndome paso entre el grupo, pude ver mejor al hombre. Era un tipo un tanto grueso, de mediana edad, bien vestido. Tenía los brazos cruzados sobre el pecho, como si estuviera sujetando algo con ellos. Un poco más allá, una señora llorosa se encontraba apoyada en un automóvil estacionado en plena calle. Era evidente que el hombre en el suelo había sido atropellado por ella. Un policía uniformado apareció en ese momento y les pidió a todos retirarse un poco.

-No le quiten el aire -dijo- Necesitamos espacio. La ambulancia no tardará mucho en llegar.

Se arrodilló ante el hombre y le abrió los brazos. Lo que vi me llenó de pavor.

Sobre el pecho del accidentado se veía la estatuilla que Saturna le había comprado a Héctor. ¿Cómo era aquello posible? Di unos pasos para acercarme, pero el policía vino hacia mí y me agarró por un brazo.

-¿Qué hace?- preguntó con autoridad.

-Quiero ver el objeto que ese hombre tiene sobre el pecho. -contesté amoscado.

-¿Por qué le interesa?

-Porque creo que ese objeto pertenece a mi esposa.

-¿Cómo puede ser eso?

-Mi esposa lo compró esta mañana, le digo a usted que es así, créame.

En ese momento, un hombre se acercó a nosotros. Era un tipo de mediana edad, vestido con un traje gris y de gestos cortantes y autoritarios.

-¿Qué es lo que pasa aquí? -preguntó con voz firme.

-¿Y usted quién es? -preguntó a su vez el policía.

El hombre sacó del bolsillo interior de su chaqueta un carnet, lo exhibió brevemente ante la cara del policía y habló con voz cortante.

-Soy inspector de la policía secreta y me gustaría saber qué es lo que pasa aquí.-

El policía le explicó lo que pasaba. El inspector se volvió hacia mí y me preguntó con voz de pocos amigos.

-¿Es cierto lo que dice el agente?

-Sí, mi esposa compró esa estatuilla esta mañana, se lo aseguro. Este hombre debe haberla robado de mi casa, no se puede explicar de otra manera.

Vamos, vamos -dijo el inspector, burlón- No me va a hacer creer eso. Tengo demasiada experiencia para creer en esos cuentos chinos. Usted lo que quiere es robarse esa estatuilla.

-Le aseguro que no -respondí desalentado.

-Venga conmigo, vamos a tomar un café y a hablar de todo esto. -dijo el inspector- Antes de tomar una decisión quiero conocer hasta el más mínimo detalle.

Me tomó por el brazo y caminamos hacia un café. Nos sentamos, frente a frente, en una mesa colocada en la acera. Yo me sentía como si estuviera en un trance. Vi a través de una neblina, la cara redonda, un tanto achatada y grasienta, de ojos pequeños y malignos, de aquel policía inquisidor, y me dije que aquello no estaba sucediendo en absoluto. Para completar mi confusión, el ruido a mi alrededor era ensordecedor y enervante. Estábamos sentados muy cerca a los bailarines, quienes todavía permanecían allí riendo y haciendo chistes con gran algarabía. Todo se conjugaba para construir un cuadro fantasmagórico casi surrealista. Ya me había parecido extraño que el policía quisiera tomar café conmigo, pero no podía detenerme en esos pensamientos, estaba muy preocupado por lo que podría haberle sucedido a Saturna. ¿Cómo habría entrado aquel hombre en nuestra casa para robar la estatuilla? ¿Y qué le habría pasado a Saturna? ¿Estaría bien? Todas aquellas preguntas que me hacía me ofuscaban el pensamiento y no me dejaban ver claramente la situación presente. Oí que la voz del inspector me interrogaba.

-¿A qué hora salió usted de su casa?- preguntó sin más preámbulos.

-Un poco después del mediodía -dije con desgano.

-¿Y por qué vino hasta acá?

-No lo sé, deseaba caminar un poco...

-Ah, a ver lo que conseguiría, seguramente.

-No comprendo. ¿Conseguir qué?

-Algo, alguna cosa para aumentar su colección...

-No entiendo palabra de lo que dice. ¿Colección de qué? No me hable con misterios.

-Yo te hablo como me dé la gana. Me entiendes perfectamente. Viniste acá para ver lo que podías robar. Conozco a los tipos como tú. Siempre a la caza de algo, engañando a los desprevenidos...

El hombre, de pronto, me tuteaba. Eso me descontroló mucho, yo nunca pude acostumbrarme al tuteo a primera vista y respondí airado.

-Yo no soy un ladrón, ni un criminal, un poco más de respeto por favor.

-Entonces, vamos a poner las cosas en claro. ¿Qué hiciste toda la tarde por estos alrededores? Responde con la verdad.

-Ya le dije, quería tomar un poco de aire y caminar. Estaba por irme a casa cuando ocurrió el accidente, me acerqué para ver lo que pasaba y, entonces, vi la estatuilla que pertenece a mi esposa. Eso me llenó de temor, y estoy muy preocupado por lo que pueda haberle sucedido a ella, así que, si no le importa, voy a ir a averiguarlo.

-Un poco más despacio, a tu mujer no le ha pasado nada.

-¿Cómo puede saberlo?

-Por algo soy policía. Yo entiendo de estas cosas.

-¿Acaso los policías son adivinadores?

-No te pongas pesado. Espera un poco y, tal vez, te acompañe para ver cómo está tu esposa, pero antes dime, ¿no es cierto que te he hecho un favor con eso de apartarte del sitio del accidente? El de uniforme ya estaba maquinando preguntas insidiosas.

-Sí, tal vez.

-Lo que quiero decir es que, si yo te ayudo, tú debes ayudarme a mí, o sea que debe existir reciprocidad, ¿o no?

-Probablemente, pero esta gente que ríe y grita tanto no me deja pensar...

-¿Te refieres al grupo que está en aquella mesa?

-Sí, a los bailarines...

-¿Bailarines? ¿Quién dijo que son bailarines?

Me di cuenta de que había dicho una tontería, pero ya no podía rectificarla.

-Nadie me dijo nada, pensé que lo eran.

-Pues, no, no lo son. Todos ellos trabajan en tiendas de esta calle, se reúnen muy a menudo en cualquiera de estos cafés para intercambiar información sobre las carreras de caballos. Todos ellos son jugadores empedernidos y gastan todo lo que tienen en apostar a los caballos. La más viciosa de todos ellos es la mujer cuarentona. Esa se gasta lo que tiene y no tiene en las apuestas. Son una cuerda de inútiles, nunca tienen un centavo y, a pesar de eso, todavía les quedan ganas de hacer chistes.

De pronto se me olvidó la situación presente para trasladarme al mundo que habitaban mis imaginaciones. Me pareció que podía servirme del conocimiento del policía para averiguar algo sobre la verdadera identidad de los personajes inventados por mi imaginación.

-¿Usted ve a aquella señora que está sentada en aquel café, al otro lado de la calle?

-¿La señora de mediana edad?

-Sí, esa misma. ¿Quién es? ¿La conoce?

-Por estos andurriales conozco a todo el mundo, -se jactó el policía- nadie escapa a mi escrutinio. Esa señora, como tú la llamas, es una de las personas más temibles que operan por estos lados. Es prestamista de profesión y le saca hasta el último centavo a sus víctimas. Presta a un interés que realmente es una barbaridad. Es muy rica y, por esa razón, no hay quien la moleste o la toque.

-Antes la vi conversando con un señor muy elegante.

-¿Ah, un hombre canoso?

-Sí, muy bien vestido y estirado.

-Ese es otro sinvergüenza. También es un prestamista, aunque en menor escala. Los dos se juntan para hacer negocios sucios de toda clase. Un día de estos, los voy a cazar a los dos. Entonces, ya verán...ya verán...

En ese momento, vi que la parejita de "hippies" regresaba por donde se había ido anteriormente. Su actitud taciturna no había cambiado para nada. Se veían desvalidos y ausentes.

-¿Usted ve a esa parejita de "hippies" que viene por ese lado?- pregunté acucioso- ¿Los conoce?

-Tanto como conocerlos, no. Pero sé algo de su historia. Son artesanos, en muy pequeña escala. Se dedican a fabricar collares y pulseras de cuentas y, tengo entendido, también hacen cinturones y carteras de cuero. Venden lo que fabrican por estos lados.

Me contentó saber que, al menos por una vez, había imaginado bien. Lo que el policía había dicho correspondía perfectamente con la imagen que yo había imaginado.

-¿Y porqué están siempre tan tristes?- inquirí curioso.

- Pobres muchachos, -se compadeció el policía- tenían una hijita de seis meses y la niña se les acaba de morir. La encontraron muerta en su cuna y no se saben las causas. Todavía no se recuperan de ese golpe. Pero, bueno, yo no soy el cronista de la ciudad. Estábamos hablando de otra cosa.

-¿De qué hablábamos? No me acuerdo. -dije fingiendo ignorancia.

-Tú sabes, chico, de la reciprocidad. Yo hago algo por ti y...

-Ah, sí, y tú haces algo por mí.

-Ya yo lo hice, cuando hubiera podido llevarte al cuartel para interrogarte y todo eso...te traje aquí para tomar café...si eso no es un favor no sé lo que será...ahora espero que tú hagas lo mismo por mí.

-Está bien, no voy a discutir. ¿Cuánto quiere por la gauchada? -dije sacando mi billetera del bolsillo.

-Espera un momento, hay que ser más discreto. No me vayas a dar dinero, así como así, a la vista de todos.

-¿Cómo tengo que hacerlo, entonces?

-Saca el dinero debajo de la mesa, lo envuelves en esa servilleta y la pones sobre la mesa. Yo me encargo de lo demás.

-No me ha dicho cuánto quiere. -dije secamente.

-¿Cuánto tienes allí?,

-Creo que unos cuatrocientos. Me parece que es suficiente.

-Sí, está bien. Haz, entonces, lo que te dije.

Saqué el dinero, lo envolví en la servilleta y la puse sobre la mesa como el policía me había indicado. Luego, ya exasperado con aquella situación, le pregunté cortante.

-¿Entonces, puedo irme?

-Sí, hombre, vete. No te acompaño hasta tu casa porque estoy seguro de que tu mujer está bien. No vas a necesitarme.

-Sí, no se preocupe -contesté yo, aliviado de que no quisiera acompañarme. Lo que menos deseaba era que supiera donde vivíamos. Me levanté y me alejé de allí con rapidez de gamo. No había caminado mucho, cuando de uno de los cafés salió un señor gordo, sudando a mares, que gritaba a todo pulmón con acento italiano.

-Un policía, necesito un policía, búsquenme un policía. Hemos atrapado un ladrón allá adentro y necesitamos un policía.

Yo me detuve ante su corpachón sudoroso, un tanto amedrentado por aquel despliegue de volumen y voz.

-Aquel señor que está allá, en aquella mesa, ¿lo ve? - le pregunté con timidez.

-¿El del traje gris?

-Ese mismo. Ese señor es policía.

-Qué policía ni nada. Si ese señor es policía, yo soy el rey de

Prusia. Ese es un bandido, un sinvergüenza, el tracalero más grande del país. "¡Per favore!", no me moleste con tonterías.

En ese momento, por suerte, vino un mesonero desde adentro para anunciar que ya se habían comunicado con la policía por teléfono, que no tardarían en llegar. El señor gordo regresó al interior del café y yo me quedé un instante allí, parado en la acera, recriminándome por haberme dejado engañar por el supuesto policía, no me cabía ahora duda de que mi falta de percepción y de malicia era abrumadora. Pero no podía perder más tiempo, tal vez Saturna esperaba impaciente que yo regresara a casa. Y allá me dirigí.

Tomé el autobús y fui a sentarme detrás de una señora que llevaba en su regazo un gran paquete cuadrado envuelto en papel de estraza. Mientras me sentaba, me pregunté a dónde iría la señora, sola y en autobús, con aquel paquete tan grande. Me di cuenta de inmediato que había comenzado de nuevo a imaginar tonterías y decidí cambiar el curso de mi pensamiento. Volteé hacia la ventanilla y vi que ya era noche cerrada. Las calles estaban iluminadas con sus faroles y con los innumerables avisos luminosos colgados en los frentes o puestos sobre las azoteas de los edificios. Un aviso llamó mi atención: "Dele gusto a su gusto, beba..." Aquello no era nada fácil. No siempre podemos darle gusto a nuestras inclinaciones. Me acordé de cuando Saturna deseaba vivir en cierto distrito que, por su tranquilidad y buen vecindario. tenía reputación de elegante y refinado. Era el sitio ideal, pero los precios de la propiedad allí eran elevados, no estaban al alcance de nuestras posibilidades. Saturna tuvo que resignarse y transigir, fuimos a vivir en donde estamos ahora, que no es mal sitio pero que no se puede comparar con el otro. Yo siempre he creído que uno debe vivir de acuerdo a sus posibilidades. Nunca pude contraer deudas si no estaba seguro de que podía pagarlas en el menor término posible. De esa forma he protegido la tranquilidad de mi vida. No quiero ver cobradores a mi puerta, así como tampoco verme forzado a litigar en tribunales por esta o aquella suma o por incumplimiento de un contrato.

A Saturna no le importa tanto verse envuelta en líos, es más atrevida que yo. Quizá en esa diferencia radica el hecho de que nos hayamos distanciado algo en los últimos tiempos. No vemos las cosas con los mismos ojos. No sé si ella continúa queriéndome como siempre o si ha disminuido su cariño con el tiempo, pero lo cierto es que, a pesar de todo, yo sigo considerándola como el ser más importante en mi vida. Cuando nos conocimos en la escuela de contabilidad, ella era una muchacha espigada y bastante bonita, pero sobre todo era vivaz y alegre, y yo la veneraba por ello. La alegría interior es lo que más aprecio en las personas. Saturna ha perdido ahora algo de su belleza y ya no es tan espigada o lozana, pero eso no es lo que importa. Lo que lamento es que ha perdido mucho de esa alegría que antes iluminaba los días y desleía las tristezas. Me hice el propósito de averiguar qué había pasado con la antigua alegría de mi esposa, descubrir qué cosa la había atemperado en tal forma. Tal vez -me dije- la explicación es simple, el tiempo corre y nos ponemos viejos... Con todo, yo la sigo queriendo como antes y no puedo imaginar la vida sin su presencia.

El autobús me dejó en la avenida, bajé y caminé el trecho de calle que hay hasta mi casa. Llegué y me pareció que todo estaba en orden. Por una de las ventanas asomaba una luz tenue que, sabía, era la de la sala. Todo estaba en silencio. La puerta no había sido violentada, abrí con la llave y entré. Fui hasta la mesita donde Saturna había puesto la tanagra esa mañana y vi, con asombro y estupor, que no estaba allí. Comencé a gritar.

-Saturna, Saturna...

Saturna apareció en la puerta, ya vestida para dormir. Su expresión era de susto y de desagrado. Habló con voz áspera e impaciente.

-¿Qué sucede? ¿Por qué gritas de esa manera?

-¿Dónde está la tanagra?- pregunté, señalando la mesa- Tú la pusiste aquí esta mañana.

-Sí, pero como no te agradó que la comprara, la guardé en el dormitorio. Voy a devolvérsela a Héctor.

-¿Pero no la robaron hoy? ¿Cómo vas a devolverla?

-¿De qué hablas? ¿Cómo que la robaron, cuándo?

-La vi en manos de un hombre a quien atropelló un carro. Esta tarde, hace una hora.

-Te equivocas. Ven, para que la veas en el dormitorio.

Fuimos al dormitorio y, efectivamente, la estatuilla estaba allí sobre la mesa de noche.

-No comprendo nada. -dije corrido- ¿Será posible que existan dos iguales?

-Pues, claro que sí, a lo mejor existen muchas. Los escultores vacían en bronce su trabajo, lo hacen tantas veces como lo deseen. -aclaró Saturna, con un dejo de triunfo en su voz.

-Eso ya lo sabía, pero creí que Héctor actuaría en otra forma por tratarse de ti. ¿Cómo fue que te pidió tanto dinero por algo que tiene duplicados? -interrogué enojado.

-No veo por qué no. Siempre es un original.

-Bueno, si te complace la estatuilla, no voy a exigir que la devuelvas. Nos podemos quedar con ella. No sé por cuál razón me puse tan intransigente.

-Vaya que eres complicado, -dijo Saturna, mohína- pero me alegro de que hayas cambiado de opinión. ¿Y dónde estuviste esta tarde? Ya creía que no ibas a regresar...

Para satisfacer su curiosidad, comencé a narrarle algunas de las cosas que me habían acontecido. Me guardé bien, eso sí, de decirle la cantidad de dinero que le había dado al falso policía. No deseaba comenzar otra polémica como la que tuvimos en la mañana. Saturna escuchó con mucha atención mi relato y, luego que hube concluido, dijo que estaba muy cansada y que sería bueno irse a dormir.

Nos metimos en la cama, y ella, como siempre, se acostó de medio lado con la cara hacia mí. Sentí su respiración y su mano que rozaba la mía debajo de la sábana. Desde la avenida se escuchaba el tránsito, tenue y lejano. No se oía nada más, ni un grillo, ni una rana, ni un pájaro, solo el rumor sordo de los automóviles en perpetuo movimiento. Un agradable sopor se apoderó de mí, cerré los ojos y puse la mente en blanco. Me sentí reconfortado y tranquilo. Suspiré profundamente y, antes de quedarme dormido, tuve un último pensamiento: "mañana tendré que hablar con Héctor, a ver si baja en algo el precio de la tanagra".

-FIN-

Bideford, 2009

www.ingramcontent.com/pod-product-compliance
Lightning Source LLC
Chambersburg PA
CBHW051926240626
47153CB00004B/1387